D1725919

Horst Lipsch

Das Girl aus Amerika

Ganze achtzehn Jahre jung ist Mary Panthen, die Deutschamerikanerin, als sie eine Aufgabe übernimmt, die manchen reifen Erzieher nach dem Psychiater rufen ließe: Sie soll beim Käse-Millionär Plieschke die Erziehung der Kinder übernehmen!

Mary schafft das Unmögliche, nämlich das Vertrauen von Dirk, Daniela und dem kleinen Michael zu gewinnen, aber eines gelingt ihr nicht: bei den Plieschkes wieder ein normales Familienleben in Gang zu bringen – die ganze Familie ist verkorkst! Mary resigniert und kündigt.

Da kommt der Käse-Millionär, der die junge Erzieherin längst nicht mehr in der Familie missen möchte, auf eine ausgefallene Idee, um Mary doch noch umzustimmen...

Horst Lipsch

Das Girl aus Amerika

W. Fischer-Verlag · Göttingen

Illustriert von Erica Hempel

CIP-Kurztitelaufnahme der Deutschen Bibliothek

Lipsch, Horst
Das Girl aus Amerika. — 1. Aufl. — Göttingen :
Fischer, 1978.
(Göttinger Fischer-Buch)
ISBN 3-439-78605-6

© 1978 by W. Fischer-Verlag, Göttingen
Alle Rechte vorbehalten
Gesamtherstellung: Fischer-Offset-Druck, Göttingen

Inhalt

Was zuviel ist, ist zuviel! 7

Das letzte Wort 13

Abschied von New York 17

Beim Käse-Millionär 20

Mary will selbst Geld verdienen 25

Eine feine Familie 33

Die nächste bitte! 43

Lotterbeck hilft jedem 51

Die Dressur kann beginnen 59

Finstere Rachepläne 67

Eine schwer erziehbare Familie 76

Ganz neue Methoden 84

Alles reißt sich um Mary 92

Es knistert vor Spannung 100

Hut ab vor Mary 105

Diesem Band folgt: Auf Wiedersehen, Mary!

Was zuviel ist, ist zuviel!

Tante Emma war eine Seele von Mensch; außer wenn man sie erschreckte. Wer ihr freundlich begegnete, konnte sie um den kleinen Finger wickeln.

Im Augenblick schlief sie friedlich ihrem 46. Geburtstag entgegen. Wer sie so schlummern sah, wer ihr glattes, rundes Gesicht betrachtete und ihr dichtes, nachgefärbtes schwarzes Haar, der mußte Tante Emma für wesentlich jünger halten.

Genau besehen, war sie eine hübsche Frau. Ein hübsches Fräulein, sofern man sich ihres unverheirateten Zustandes erinnerte.

Allerdings — Tante Emma mochte Leute nicht, die sie „Fräulein" nannten. Nur Edwin, der Chauffeur des Hauses und ein Mann gleichfalls in den besten Jahren, durfte sich eine gelegentliche Anspielung auf ihren ledigen Zustand erlauben.

„Wenn ick nich Chauffeur wäre, sondern Jraf oder wenigstens ein englischer Lord, dann hätt ick Sie schon längst jeehelicht", hatte Edwin gerade letzthin wieder erklärt.

Für diese beständige und freimütig zur Schau getragene Bewunderung Edwins hatte Tante Emma mehr übrig, als sie zeigte. Sie wußte nur zu gut, wie streng die Ansichten ihrer Schwester Magda waren, wenn es darum ging, den nötigen Abstand zum Personal zu wahren.

Emma hatte sich längst daran gewöhnt, Magdas Anweisungen zu befolgen. Schließlich lebte sie im Hause ihrer Schwester, sie lebte von deren Geld — und genaugenommen gehörte sie ja eher zum Personal als zur Familie.

Tante Emma war zuständig für die Erziehung der drei Plieschkeschen Kinder. Vor dreizehn Jahren hatte es mit Dirk begonnen. Dann war Daniela hinzugekommen und endlich, fast schon als kleiner Nachkömmling, Michael.

Magda hatte ihrer Schwester die Erziehung der drei Kinder bald ganz überlassen. Jahrelang hatte Emma diese Aufgabe zur allseitigen Zufriedenheit gelöst. Je mehr die Kinder aber heranwuchsen, je eigenwilliger sie wurden, desto deutlicher hatte sie empfunden, wie gering ihre erzieherischen Fähigkeiten waren und wie wenig sie sich in die Kinder hineinversetzen konnte.

Obwohl sie keineswegs auf den Mund gefallen war und entschlossen in jeden Streit eingriff, war sie in den letzten Jahren mehr schlecht als recht mit Dirk, Daniela und Michael fertiggeworden. Und wenn sie je Unterstützung gesucht hatte — bei den Eltern hatte sie die am wenigsten gefunden. Herr Plieschke war, wenn es um die Erziehung seiner Kinder ging, stets überarbeitet, und seine Frau war die Hilflosigkeit in Person. Eigentlich hatte sie, anstatt zu erziehen, immer nur eines gewissenhaft getan: Sie hatte ihren Kindern blindlings jeden Wunsch erfüllt.

Der einzige Helfer für Tante Emma war und blieb Edwin, der Chauffeur. Aber der war oft wochenlang mit Herrn Plieschke unterwegs. Und besonders während der Zeiten seiner Abwesenheit erkannte Tante Emma, wer in dieser Prachtvilla wirklich regierte: die Kinder und niemand sonst!

Mehr als einmal in den beiden letzten Jahren hatte sie sich vorgenommen, das Haus ihrer Schwester zu verlassen. Am Ende war sie geblieben und schlief jetzt, wie gesagt, ihrem 46. Geburtstag entgegen.

Die drei vermummten Gestalten an Tante Emmas Bett interessierten sich allerdings nicht dafür, wie schön und faltenlos Tante Emma war und wie herrlich sie schlief, sondern lediglich dafür, wie man eine so fest schlafende Tante am wirkungsvollsten wecken könnte.

„Können wir?" fragte das größte der drei Gespenster. Die beiden anderen, das mittelgroße und das kleine Gespenst, nickten. Beim ersten waren unter dem Bettuch zwei große Füße zu sehen, bei den beiden anderen reichten die weißen Tücher bis auf die Erde herab. Sie verliehen den lautlos im Zimmer umherhuschenden Geistern etwas Schwebendes.

Das Gespenst mit den großen Füßen begann zu zählen: „Eins . . ."

Die beiden anderen zogen jeder ein langes, spitzes Küchenmesser hervor und steckten es mitsamt dem Arm durch einen Schlitz, der vorsorglich in das neue Bettuch geschnitten worden war.

„Zwei . . ."

Das zählende Gespenst bückte sich und steckte auf einem Kuchenblech einen Haufen Papier an, warf ein paar Knallfrösche hinein, entzündete eilfertig zwei Wunderkerzen, wie sie sonst zu Weihnachten benutzt werden, und sagte dann laut und jaulend: „Drei!"

Alles klappte überraschend gut. Auf „drei" begannen die beiden schwebenden Geister laut heulend mit den Küchenmessern herumzufuchteln. Das dritte Gespenst schwenkte die zischenden und sprühenden Wunderkerzen und schrie:

„Lulapumkur, kulalumpur!"

Die Knallfrösche detonierten und hüpften dabei im Zimmer umher.

Tante Emma fuhr hoch und war so entsetzt, daß sie anfangs nur einen undeutlichen Schreckenston herausbrachte. Erst als die Knallfrösche ihren letzten Satz gemacht hatten, das Papierfeuer auf dem Kuchenblech in sich zusammengefallen war und die Wunderkerzen ihren letzten Zischer getan hatten, wurde Tante Emma deutlicher. Sie griff sich ans Herz und schrie: „Verdammte Bande! Wollt ihr mich denn umbringen? Aber wartet! Sofort räumt ihr auf!"

Das große Gespenst hob vermittelnd die Arme, die beiden anderen fochten unverdrossen mit den Küchenmessern, bis das kleinste Gespenst plötzlich das Küchenmesser wegwarf und ohrenbetäubend zu schreien anfing.

Dieses Geschrei gab Tante Emma endgültig die Kraft zum Aufstehen. Sie sprang aus dem Bett und stürzte sich nach kurzem Zögern auf das heulende Gespenst.

„Wirst du wohl sofort aufhören mit dem Gebrüll!" Tante Emma riß das Bettlaken an sich. Zum Vorschein kam Michael, sieben Jahre alt. Er preßte seine blutüberströmte Hand vor die Brust und schrie wie am Spieß.

„Ich habe mich ge-ge-gedolcht!"

Als Tante Emma sich die verletzte Hand ansehen wollte, biß das Kind nach ihr. Darauf erhielt Michael eine schallende Ohrfeige. Zornbebend zeigte die Tante auf die blutende Hand.

„Wo hat der Bengel das Blut her? Ist das etwa wieder mein Kirschsaft?"

10

„Ich blute wirklich!" schrie Michael. „Hilfe, Hilfe, ich verblute!"

Inzwischen hatten sich auch die beiden anderen Gespenster entmummt. Ein wenig verlegen, aber letztlich doch zufrieden standen der dreizehnjährige Dirk und die zwölfjährige Daniela neben ihrem schreienden kleinen Bruder.

Die Tante lächelte grimmig. „Von wegen verbluten! Den Trick kenne ich!" Sie zerrte Michael zu sich heran. „Los, rede! Wie bist du an den Kirschsaft gekommen?"

„Du, Tantchen, es könnte wirklich Blut sein", sagte Daniela. „Vielleicht hat Michael sich an seinem Küchenmesser geschnitten, als wir zum Spaß gefochten haben."

„Nicht an meinem!" schrie Michael. „Daniela hat mir mit ihrer Steche in die Hand gefochten!"

„Steche? Ist das nicht ein Ganovenausdruck?" fragte Tante Emma erbost.

Michael erhielt eine weitere Ohrfeige. Erst als das Blut auf den Fußboden tropfte, war er bereit, seine Hand zu zeigen. Ein tiefer Einschnitt zog sich zwischen Daumen und Zeigefinger bis zum Handgelenk hinauf.

„Donnerwetter!" sagte Dirk bewundernd. „Das muß bestimmt genäht werden. Wartet, ich hole den Nähkasten." Sich an seine Tante wendend, fügte er hinzu: „Und du bist an allem schuld! Bestimmt ist das nur passiert, weil du uns so angeschrien hast!"

Michael nickte bestätigend und ging vom Schreien zum Jammern über.

In diesem Augenblick beschloß Tante Emma unwiderruflich, das Plieschkesche Haus zu verlassen. Allerdings nicht mitten in der Nacht. Zunächst mußte der Hausarzt aus dem Bett geklingelt werden. Bebend vor Empörung lief Tante Emma in die Halle hinab.

Zu dieser Zeit lag die EUROPA abfahrbereit im Hafen von New York.

Das letzte Wort

Am nächsten Morgen teilte Tante Emma ihren Entschluß zunächst dem Chauffeur mit. Edwin war sichtlich verstört.

„So jerne es mir leid tut, aber an Ihrer Stelle würde ick och nicht bei dieser Bande bleiben. Nur, jehn Se man nich so weit weg! Meinetwejen, falls Sie vastehn, wat ick meine!"

Tante Emma nickte gerührt. Allerdings nur sehr vorsichtig, um in Edwin keine falschen Hoffnungen zu erwecken.

„Und eins vaspreche ick Ihnen außerdem", setzte Edwin bedeutungsvoll hinzu. „Ick nehme mir diese drei Kröten noch fürchterlich zur Brust. Bloß, dazu muß erst noch die richtije Jelejenheit kommen. Nach dem Sprichwort ‚Jelejenheit macht Hiebe', wissen Se?"

Tante Emma nickte seufzend. „Das Schlimmste steht mir ja noch bevor. Meine Schwester dreht doch bestimmt durch, wenn sie hört, daß ich gehe."

„Det hilft nischt", sagte Edwin. „Denken Sie immer an det Sprichwort: ‚Wat einen nich umhaut, macht einen stärker!' Und nu los, rin! Und nich umhauen lassen! Keen Blatt vorn Mund nehmen, klar?"

„Meine liebe Magda", begann Tante Emma wenig später ihre Rede, „ich muß dir etwas Wichtiges sagen. Versuche aber bitte, ruhig zu bleiben, ganz ruhig." Frau Plieschke zeigte auf einen Sessel. Sie sah gut aus wie immer. Gepflegt und elegant. Vierzig Jahre war sie, also fünf Jahre jünger als ihre Schwester. Sie war größer, schlanker, ihre Haut nicht von Natur aus zart, aber erstklassig gepflegt, und ihre Gesichtszüge waren ein wenig schärfer. Zwei kleine Falten, die von der Nase herab zu den Mundwinkeln führten, fielen mehr auf, als sie es verdient hätten; vermutlich, weil Magda einen tragischen Zug um den Mund herum liebte. Das schien die Wirkung der Fältchen zu vervielfältigen.

„Hauptsache, du machst es kurz, Emma. Ich hatte mal wieder eine schaurige Nacht."

„Ich auch, liebe Magda. Und zwar wegen deiner Kinder. Das sind wahrhaft keine gewöhnlichen Kinder!" sagte Emma und schnappte nach Luft. „Es sind Bestien", fuhr Emma fort. „Grausame kleine Bestien!"

Magda legte eine ihrer gepflegten Hände auf die Stirn und verstärkte den leidenden Zug in ihrem Gesicht.

„Warte noch einen Augenblick", sagte Emma und streckte beide Hände abwehrend von sich, „bevor du einen Schreikrampf kriegst. Gleich bin ich fertig. Heute nacht hat nicht viel gefehlt, und deine Kinder hätten mich umgebracht. Aber du findest ja ihre Späße meistens überaus einfallsreich. Kurz und gut: Ich habe die Nase voll. Ich gehe!"

Da Emma erregt aufgesprungen war, deutete Magda abermals auf den Sessel. Dann nahm sie vom Teewagen zwei Tassen, goß Kaffee ein und sagte: „Reg dich nicht schon wieder auf, Emma!"

Emma nahm wieder Platz.

„Übrigens, weil du dich so über die Kinder beschwerst — ich hätte sonst nichts gesagt, aber jetzt ist es wohl besser. Die Kinder haben sich auch beschwert. Du sollst schuld sein, daß Michael sich geschnitten hat."

Emma schob angewidert ihre Kaffeetasse zurück.

„Dirk und Daniela sagen, sie könnten außerdem bezeugen, daß du Michael nicht verbinden wolltest. Das Kind hätte ja verbluten können!"

„Und das wagst du mir zu sagen? — Ich weiß ja, daß ich es nicht geschafft habe, deine Kinder richtig zu erziehen. Aber daß ausgerechnet du mir das vorwirfst, ist ja nun mehr als komisch!" Emma erhob sich, kreidebleich im Gesicht.

„Zieh hier bloß keine Schau ab, Emma! Du weißt, wie schwach meine Nerven sind", seufzte Magda und ließ ihre Augenlider tragisch herab.

„Keine Angst, ich ziehe keine Schau ab. Das überlasse ich dir. Da hast du mehr Übung. Und so ganz nebenher kannst du dich nun in Zukunft auch mal selbst um deine Kinder kümmern! Ich gehe jedenfalls!"

„Bitte — wenn du meinst! Ich will deinem Glück nicht im Wege stehen. Aber du wirst es bereuen! Wie du mit dem bißchen Geld auskommen willst, was du hast, ist mir schleierhaft."

„Das glaube ich, Magda. Dir war ja schon immer schleierhaft, wie Menschen mit wenig Geld auskommen können. Dabei vergißt du ganz, daß ich auch arbeiten kann. Und außerdem vergißt du, liebe Schwester, daß die Erziehung deiner drei Kinder Schwerarbeit war. Warum sollte ich mein Geld nicht leichter verdienen können?"

„Also — es ist wirklich dein Ernst? Nach allem Guten, was ich an dir getan habe?" Magda nestelte ein Tuch aus ihrem Handtäschchen und begann unter wilden Zuckungen hineinzuschluchzen.

„Gib dir keine Mühe", sagte Emma ruhig, „ich bin sicher, auch für deine Gesundheit wird es gut sein, wenn du selber auch mal arbeitest. Und was gibt es Schöneres für eine Mutter, als ihre Kinder selbst zu erziehen — auch wenn sie noch so reich ist."

Während Tante Emma hocherhobenen Hauptes davonschritt, überlegte sie, ob sie die Tür von außen zuschlagen sollte. Sie entschloß sich, leise abzutreten. Für Lärmszenen war ohnehin ihre Schwester zuständig.

Aber dann wollte sie wenigstens einmal das letzte Wort haben. An der Tür angelangt, drehte sie sich um. Ruhig und betont langsam. Entsprechend leise war auch ihre Stimme, als sie sagte: „Du glaubst nicht, wie froh ich sein werde, wenn ich hier fort bin, Magda. Mit sechsundvierzig wird's ja auch Zeit, mal unabhängig von der reichen Schwester zu werden. Und verlaß dich drauf: In Zukunft werde ich voller Wonne durch die staubigsten Straßen gehen, wenn ich daran denke, nicht mehr in euren herrlichen Park zu müssen, in dem ich mich doch nur geärgert und ausgeheult habe."

Magda bebte vor Zorn. „Weißt du überhaupt, wo du die erste Nacht zubringen wirst? Du hast doch dein Leben lang nicht gelernt, auf eigenen Füßen zu stehen!"

Emma winkte ab. „Ich weiß nur eins, Magda, und alles andere interessiert mich nicht: Morgen fällt eure prachtvolle Gartentür endgültig hinter mir ins Schloß."

Zu diesem Zeitpunkt hatte die EUROPA bereits das offene Meer erreicht.

Abschied von New York

Ein leichter Dunst lag vor den mächtigen Wolken-
kratzern und den Hafenanlagen von New York.

Mary Panthen spürte noch immer ein Würgen in
der Kehle. Irgendwo dahinten, längst unsichtbar vor
der gewaltigen Kulisse von New York, standen ihre
Eltern und ihre beiden Brüder. Und wie sie die Mutter
kannte, winkte die immer noch gewissenhaft hinter
dem Schiff her.

Das junge Mädchen seufzte tief. Dann drehte sich Mary entschlossen um und sah tapfer auf das endlos scheinende offene Meer hinaus. Ein paar Tage, dann würde ein anderer Erdteil aus dem Horizont auftauchen: Europa. Dann war es nicht mehr weit bis Deutschland, bis Hamburg.

Mary versuchte, ihr zerzaustes braunes Haar in Ordnung zu bringen, aber vergeblich. Der Fahrtwind war dagegen. Der Geruch des Meeres machte ihr plötzlich Appetit. Sie sah auf die Uhr.

„Es ist genau neun", sagte eine Stimme.

„Danke, liebe Uhr", sagte Mary, warf noch einen Blick auf das kleine Zifferblatt und sah dann wieder dem Wind und Europa entgegen.

„Verzeihen Sie, gnädiges Fräulein, ich wollte Ihnen nicht lästig fallen, aber ich dachte ..."

Mary drehte sich um. Vor ihr stand ein junger Mann, rot bis hinter die Ohren.

Mary nickte ihm zu. „Ich verstehe. Sie dachten, ich hätte keine Uhr."

„Richtig", pflichtete ihr der junge Mann bei und wurde sofort noch verlegener. „Das heißt, nein, nicht doch! Eine Uhr haben Sie ja. Ich wollte eigentlich nur etwas zu Ihnen sagen."

„Na also", sagte Mary freundlich, „immer schön bei der Wahrheit bleiben!" Und dann fragte sie so ernst wie möglich: „Fahren Sie auch in Richtung Europa?"

Der junge Mann nickte eilfertig. Er deutete über den Bug des Schiffes hinaus und sagte: „Ja, ich fahre auch ..." Entsetzt hielt er inne; denn er spürte, daß diese Frage an Bord eines Schiffes, das gerade den Atlantik überquert, wohl nur ein Scherz gewesen sein konnte.

Prüfend musterte er das hochgewachsene Mädchen. Ein schöneres habe ich noch nie gesehen, dachte er.

Erst als er sicher war, daß die junge Dame nur mit Mühe ernst bleiben konnte, begann er zu lachen. So sehr, daß Mary herzhaft mitlachte.

Der junge Mann hieß Werner Klarwein. Er war 24 Jahre alt und studierte in Berlin.

Ein Steward kam vorbei, schlug den Gong und bat zum zweiten Frühstück.

„Kommen Sie mit?" fragte Mary. „Vielleicht finden wir gemeinsam ein Plätzchen."

Herr Klarwein war begeistert, wollte etwas sagen, schwieg aber lieber und wurde statt dessen wieder rot. Zudem stolperte er auch noch, als er an die linke Seite des jungen Mädchens hastete. Verlegen hielt er sich an Mary fest.

„Wenn Sie es wünschen, trage ich Sie in den Speisesaal", sagte Mary hilfsbereit.

Beim Käse-Millionär

„Peer Plieschke" stand auf dem großen kupfernen Namensschild an der Gartentür. Diese Tür war ein schmiedeeisernes Meisterstück. Der riesige Garten dahinter war ebenso ein gärtnerisches Meisterstück. Und die Villa weit hinten im Garten, halb verborgen durch eine Gruppe silbergrüner Tannen, war ein architektonisches Meisterwerk.

Alle diese Meisterwerke gehörten, wie es in Kupfer zu lesen stand, Herrn Peer Plieschke. Er war 47 Jahre alt. An seinem 41. Geburtstag hatte er Haus, Garten, Zaun und das schmiedeeiserne Tor einem Millionär abgekauft. Genaugenommen – wenn auch indirekt – mit Käse. Herr Plieschke handelte damit.

„Käsegroßhandel, Im- und Export P. Plieschke" stand in gewaltigen Leuchtbuchstaben über jedem seiner drei Auslieferungslager.

P. Plieschke war ein Begriff weit über die Stadt hinaus. „Käse von P P – schmackhafter denn je!" hieß seit Jahren sein Werbespruch.

Als zuverlässiger und geschickter Kaufmann genoß Herr Plieschke bei allen Käsekäufern größtes Vertrauen. In den riesigen Räumen seiner Käselager sorgten weißgekleidete Fachkräfte dafür, daß jeder

Käse an Luft, Licht, Feuchtigkeit und Temperatur das bekam, was ihm behagte. Kein Kunde erhielt alten Käse. Umtausch war garantiert.

Allerdings machte niemand Gebrauch davon; denn P P-Käse war eben immer einwandfrei. Herr Plieschke besaß schließlich nicht umsonst zwei Käsefabriken im unteren Allgäu.

Wem Plieschkes gepflegte Milchkühe auf einer der weiten Plieschke-Almen begegneten, dem schlug augenblicklich das Herz höher. Nicht nur, weil auf jeder der leise bimmelnden Kuhglocken in Schönschrift „P P" geschrieben stand, sondern weil wirklich jede Kuh so emsig fraß, verdaute und abermals kaute, daß der Betrachter spürte: Selbst diese Kühe wissen, was sie ihrem Warenzeichen schuldig sind.

Die meisten von ihnen hatten ihrem Chef allerdings kaum jemals von Angesicht zu Angesicht gegenübergestanden. Nur wenige Kühe beachteten den großen, rundlichen Mann mit dem leicht geröteten Gesicht, wenn er alle Jahre wieder mit leise pfeifendem Atem hier an ihnen vorbeihastete und Zahlen vor sich hin murmelte.

Ohne Zweifel war Frau Plieschkes Erscheinung eher dazu geeignet, die Aufmerksamkeit der Kühe auf sich zu lenken. Sie versuchte nicht umsonst, und nicht ohne Phantasie, den Reichtum ihres Mannes in Farben und Formen umzusetzen. Bunt wie ein riesiger Falter flatterte sie an der Seite ihres Mannes zu den Kühen bergan, wenn es ihr in der Stadt einmal gar zu langweilig geworden war. So auch heute.

Mißmutig wegen des steinigen Bodens wanderte Frau Magda hinter Herrn Plieschke her, das Gesicht der Sonne zugewandt, das kostbare Sommerhutmodell achtlos in der Hand. Ihr Mann hatte bereits einige Meter Vorsprung herausgelaufen.

„Ich weiß wirklich nicht, was du dir von dieser Hetze versprichst", sagte Frau Plieschke, ein wenig außer Atem.

„Erholung", antwortete Herr Plieschke über die Schulter zurück.

Leidvoll betrachtete Frau Plieschke den sanft ansteigenden Hang.

„Willst du etwa noch bis ganz da oben rauf?"

„Ist doch nicht mehr weit. Früher sind wir viel weiter gelaufen, Magda."

„Ich halte es aber nicht mehr durch. Du weißt, ich habe Asthma."

Herr Plieschke nickte. Er wußte von den Ärzten, daß seine Frau kein Asthma hatte. Die wiederum wußten es von Frau Plieschke selbst. Sie hatten sich mehrfach etwas vorhusten lassen, und so sehr sich die Millionärin auch bemüht hatte: Es war kein Asthma dabei herausgekommen.

Frau Plieschke blieb stehen und schnappte nach Luft. „Siehst du, Peer – du wolltest ja nicht hören. Jetzt kriege ich – hch – hch – huii ..."

„Ist ja gut", sagte Herr Plieschke, „drehen wir eben um."

„Ich mache mir Sorgen, Peer."

„Um dein Asthma?"

„Nein, um die Kinder. Glaubst du, daß Emma zurückkommen wird?"

„Nee."

Frau Plieschke sah ihren Mann empört an. „Was heißt denn nee? Du kannst doch nicht einfach nee sagen! Es wäre ja schließlich ungeheuerlich, wenn Emma wirklich wagen sollte, nicht zurückzukommen. Bedenke bitte, was ich alles für sie getan habe! Ich meine, ich habe sie doch regelrecht auf Händen getragen!"

„Vielleicht hat sie's nicht gemerkt. Außerdem, wenn ich bedenke, wie die Kinder sie geärgert haben, wäre ich an ihrer Stelle schon längst abgehauen", sagte Herr Plieschke.

„Du hast leicht reden, Peer. Du erziehst ja deine Kinder nicht. Es bleibt doch wieder alles – hch – hch – huii – an mir hängen."

Herr Plieschke blieb stehen. „Aber Magda, ich sage dir doch schon seit Tagen: Nimm dir einen tüchtigen Erzieher. Einen, der von dem Geschäft was versteht. Tante Emma hat die Bande doch viel zu sehr verwöhnt. Und Geld spielt bei uns ja wirklich keine Rolle!"

„Einen Kerl? Ich soll einen fremden Kerl ins Haus nehmen? Damit er uns nachts bestiehlt?"

Herr Plieschke hob beruhigend die Hand.

Ein paar Kühe, die dem Ehepaar bergab gefolgt waren, blieben unschlüssig stehen.

„Wenn du meinst, Magda, daß kein fremder Mann ins Haus darf, dann nimm dir eben eine Frau."

„Emma war ja eine Frau!"

„Emma war keine Frau, sondern eine Tante und außerdem deine Schwester!" Herr Plieschke räusperte sich. „Und dann war sie auch schon zu alt für unsere Kinder. Ich rate dir: Nimm eine junge Erzieherin."

„Das könnte dir so passen, was!" Frau Plieschke lachte bissig auf.

„Mir? Wieso mir? Ich brauche doch keine Erzieherin, sondern du und die Kinder! Aber bitte" — er schüttelte abwehrend die Hände —, „mach nur alles so, wie du es für richtig hältst!"

Am nächsten Morgen gab Frau Plieschke in mehreren Zeitungen eine Anzeige auf: „Erzieher oder Erzieherin dringend gesucht."

Zu dieser Zeit hatte die EUROPA den größten Teil ihrer fast 4000 Seemeilen weiten Reise hinter sich.

Mary will selbst Geld verdienen

Der Himmel war blauer als auf einer kitschigen Postkarte, das Meer glatt und der Wind so zart und lau, wie man ihn nicht angenehmer hätte bestellen können. Die EUROPA lief im Augenblick mit 22 Knoten auf Europa zu. Was der Mannschaft des riesigen Schiffes längst zur Gewohnheit geworden war, erfüllte die Passagiere mit prickelnder Erwartung: Am nächsten Morgen würde die Südwestspitze Englands in Sicht kommen!

„Eigentlich schade, daß diese Reise schon fast zu Ende ist", sagte Werner Klarwein und sah verlegen an Mary vorbei.

„Trösten Sie sich damit, daß wir nicht geflogen sind", sagte Mary, „da hätten wir uns nur ein paar Stunden unterhalten können."

Werner ging auf den heiteren Ton nicht ein. „Wenn ich mir's recht überlege, weiß ich von Ihnen so gut wie gar nichts. Ich habe die ganze Zeit bisher nur von mir erzählt."

Mary nickte vergnügt. „Ich habe Ihnen gerne zugehört. Sie können riesig nett erzählen, Werner."

Der junge Mann lächelte säuerlich. „Ich könnte auch riesig nett zuhören." Er seufzte, schwieg ein Weilchen und sah dann sicherheitshalber an Mary vorbei, weil er fürchtete, beim nächsten Satz wieder rot zu werden. „Wissen Sie, ich äh – ich muß ja nun nach Berlin, und äh – und Sie bleiben in Hamburg. Ob ich Sie da mal besuchen darf?" fragte er schüchtern.

„Gern, wenn Sie Spaß daran haben."

„Dazu brauche ich aber Ihre Adresse."

„Es geht doch auch, wenn ich Ihre Anschrift habe. Ich schreibe Ihnen dann mal."

„Also wollen Sie mir Ihre Adresse nicht geben?" Mary zögerte.

„Ich verstehe schon", murmelte Werner und starrte vor sich hin. „Sie fürchten, ich könnte Ihren Verwandten nicht fein genug sein."

„Nicht fein genug? Wie kommen Sie denn auf diesen Quatsch?"

Werner schluckte ein paarmal, ehe er weitersprach. „Ich habe doch Ihre Eltern gesehen – in New York – am Schiff. Sah schon toll aus, Ihre ganze Familie. Und dann das Riesenauto – der Chauffeur – ich danke!"

Mary wußte nicht recht, ob sie lachen sollte. Eigentlich wäre es richtig gewesen; aber inzwischen kannte sie die Empfindlichkeit dieses jungen Mannes.

„Wissen Sie, Werner, große Autos gibt's in den Staaten viele. Mit einem kleinen Auto könnte man da leichter auffallen. Und Chauffeure kann man sich borgen. Sogar adlige Herren. Das sind doch alles Äußerlichkeiten."

„Aber Ihr Chauffeur war nicht geborgt", sagte Werner bockig.

„Nein", gab Mary zu, „aber er war auch nicht adlig. Den hat Vati schon seit zehn Jahren. Aber, falls Sie das beruhigt, meine Verwandten in Hamburg, ob die fein sind oder nicht, daß weiß ich selbst nicht. Und es interessiert mich auch nicht besonders. Im Gegenteil! Eigentlich möchte ich in den ersten Monaten gar nicht hingehen."

Werner sah entsetzt aus. „Aber — was denn sonst? Sie können doch nicht so einfach in Hamburg rumirren! Ich denke, Sie sind nur rübergefahren, um Ihre Verwandten in Deutschland kennenzulernen?"

„Aber nicht die Bohne. Ich bin rübergefahren, um in Deutschland rumzuirren. Oder, wenn Ihnen das besser gefällt, um Deutschland ein bißchen kennenzulernen und dabei unter anderem auch meine Verwandten. Außerdem muß ich Geld verdienen."

„Geld? Sie? Wozu denn?"

Marys Augen glitzerten. „Zum Ausgehen. Ich muß ja schließlich leben und irgendwann wieder nach Hause zurückfahren."

„Ja, um Himmels willen, hat Ihnen denn Ihr Vater kein Geld mitgegeben?"

„Mehr als genug. Aber das werde ich kaum nehmen können."

„So, jetzt habe ich die Nase voll", sagte der junge Mann plötzlich entschlossen. „Jetzt will ich endlich wissen, was nun wirklich mit Ihnen los ist."

Er nahm das Mädchen beim Arm und zog es zu ein paar leeren Liegestühlen. Als endlich die Stühle so standen, daß die Sonne voll in die bereits gebräunten Gesichter schien, sagte er energisch: „Und jetzt erzählen Sie. Aber verständlich!"

Das Mädchen gähnte und streckte sich wohlig. „Mein Lebenslauf in Kurzausgabe, ja?"

Der junge Mann lehnte sich genießerisch zurück, nahm die Sonnenbrille ab und schloß die Augen. „Ich höre", sagte er.

„Daß ich achtzehn bin, wissen Sie", begann Mary. „Daß wir Deutsche sind, wissen Sie auch. Wir leben jetzt zwölf Jahre drüben in den Staaten. Durchweg in New York. Vorher waren wir fünf Jahre in Südamerika, in Santos. Ich war also nur während meines ersten Lebensjahres in Deutschland. Geboren bin ich in Hamburg.

Diese ganze Herumreiserei meiner Eltern hängt damit zusammen, daß mein Vater Generalvertreter einer Maschinenfabrik ist. Eigentlich sollte ich in Deutschland ein Internat besuchen und mein Abitur machen; aber dann wurde meine Mutter krank. Da bin ich in New York geblieben. Es hätte zwar auch dort die Möglichkeit gegeben, das Abitur zu machen; aber ich mochte dann nicht mehr. Ich wollte lieber eine amerikanische Schule besuchen, das fand ich interessanter. Nebenher und nach der Schule habe ich in New York dann noch einen Beruf erlernt."

„Einen Beruf? So rein aus Spaß?"

Mary lachte. „So ungefähr. Ich bin Erzieherin."

„Ausgerechnet Erzieherin? Warum haben Sie dann nicht lieber das Abitur gemacht? Dann hätten sie Lehrerin werden können."

„Weil meine Mutter so lange krank war. Ich mußte auf meine Brüder aufpassen. Und das sind zwei Biester, kann ich Ihnen sagen."

Werner schmunzelte. Er dachte an das Bild im New Yorker Hafen, als sich die Familie mit den beiden „Biestern" von Mary verabschiedete. Die Jungen hatten artig dagestanden, gewinkt und sich Mühe gegeben, nicht zu weinen.

„Woran denken Sie?" fragte Mary.

„Daran, wie nett diese beiden angeblichen Biester aussahen, als sie von Ihnen Abschied nahmen."

„Die beiden sind ja auch prima", sagte Mary vergnügt, „nur, es sind halt keine leichten Fälle. Fred ist jetzt acht, Alexander vierzehn. Und Sie glauben nicht, was das für ein hartes Stück Arbeit war, ehe ich mich bei den beiden durchgesetzt hatte. Zumal Brüder ja ohnehin glauben, ihre Schwester dürfe ihnen nichts befehlen.

Außerdem sind in Amerika die Eltern in vielem großzügiger als in anderen Ländern. Die Kinder dort wachsen sehr frei auf und entscheiden vieles, was sie angeht, selbst."

„Und Sie halten das für gut, Mary?"

„Das kommt darauf an", sagte Mary. „Im Prinzip ja. – Ich habe also einen Beruf gelernt. Wenn ich noch viel dazulerne, kann ich zum Beispiel Heimleiterin werden. Aber wie gesagt, hauptsächlich hab ich's gemacht, um meiner Mutter zu helfen. – Und später auch mal mir, wenn ich selbst Kinder habe. Bis dahin ist es ja noch eine lange Zeit."

Werner sah zur Seite; verärgert spürte er, daß er schon wieder rot wurde. Da Mary beides nicht entging, erzählte sie um so schneller weiter.

„Nach meiner Prüfung wollte ich erst einmal Deutschland kennenlernen. Die Bundesrepublik und möglichst auch die DDR. Meine Eltern fanden das sehr vernünftig. Nur in einem Punkt waren wir uns nicht ganz einig: Ich sollte unbedingt zu meinen Verwandten ziehen."

„Und warum wollten Sie das nicht?" fragte Werner äußerst erstaunt.

„Weil ich keine Aufpasser mag. Ich passe selbst am besten auf mich auf. Und da hat mein Vater gemeint, wenn ich nicht zu meinen Verwandten ginge, dann würde er mir auch nur die Hinfahrt bezahlen. Die Rückfahrt und den Lebensunterhalt in Deutschland müßte ich mir dann schon selbst verdienen."

Werner sprang empört aus seinem Liegestuhl auf. „Das hätte ich Ihrem Herrn Vater nicht zugetraut.

Sie sind doch völlig fremd in Hamburg. Das — das finde ich, gelinde gesagt, unmöglich, Mary."

„Was finden Sie unmöglich?"

„Diese Härte Ihres Vaters. Das ist ja fast schon Grausamkeit."

Mary strahlte und stand gleichfalls auf. „Sollten Sie etwa auch so ein verwöhntes Muttersöhnchen sein, Werner?"

„Ich — wieso?"

„Wie kann man denn sonst Arbeit grausam finden! Mein Vater hat doch völig recht. Außerdem hat er mir ja Geld genug mitgegeben, falls es mit dem Verdienen nicht klappen sollte. Aber das nehme ich natürlich nicht. Wäre ja eine schöne Blamage!"

Werner schüttelte den Kopf. Er fühlte sich mißverstanden. „Ich habe nichts gegen Arbeit. Aber eins geht doch nur. Und ich dachte, Sie wollten Deutschland kennenlernen."

„Ich glaube, das läßt sich recht gut verbinden, ein bißchen arbeiten und dabei gleichzeitig Land und Leute kennenlernen. Mir sind eigentlich die Menschen am wichtigsten. Wie könnte ich also Deutschland besser kennenlernen, als ganz einfach dadurch, daß ich mit einigen dieser Menschen zusammen arbeite. Und dafür gibt's nun mal Geld. Und das brauche ich zum Leben und für die Rückfahrt."

„Ich bitte Sie, Mary, gehen Sie zu Ihren Verwandten. Ich glaube, Sie tun das alles nur aus Trotz."

Das Mädchen zuckte die Schultern. „Vielleicht. Ich weiß es nicht. Jedenfalls hat mein Vater recht. Ich würde es genauso machen, wenn meine Tochter ihren Kopf durchsetzen wollte."

„Das begreife ich nicht." Man sah deutlich, daß Werner die Wahrheit sagte. „Oder hat Ihr Vater doch nicht soviel Geld?"

Mary quietschte vor Vergnügen. „Der hat mehr als genug! Er schwimmt vielleicht nicht im Geld, aber für 'n Sitzbad reicht's. Aber das hat er doch bestimmt nur, weil er weiß, wie man Geld verdient, klar?"

Werner nickte unsicher. Langsam wurde ihm dieses schöne Mädchen mit ihrer scharfen Logik unheimlich.

„Sehen Sie, Werner", fuhr Mary fort, „ich sehe nicht ein, warum ich nicht auch erfahren soll, wie man Geld verdient. Ausgeben kann ich ja dann das Geld von meinem Vater immer noch."

Der junge Mann öffnete den Mund, schwieg und schloß ihn wieder. Erst beim nächsten Versuch sagte er: „Donnerwetter!" Dabei betrachtete er Mary wie ein eben entdecktes Weltwunder. In einem gewissen Sinne war sie es auch für ihn. Er dachte daran, wie er sich sein Studium bisher von zu Hause hatte finanzieren lassen, und spürte fast so etwas wie Schuldbewußtsein. „Donnerwetter!" sagte er abermals. „Und nun wollen Sie als Erzieherin arbeiten?"

„Mal sehen", sagte Mary. „Wahrscheinlich nicht. Ich kann auch recht gut Schreibmaschine schreiben."

„Aber warum denn nun doch nicht als Erzieherin? Wozu haben Sie denn das sonst gelernt?" forschte Werner verzweifelt.

„Natürlich würde ich am liebsten in meinem Beruf weiterarbeiten. Weiterlernen. Die Frage ist nur, ob es dafür dann genug Geld gibt. Ich muß mich ja auch ein bißchen nach der Marktlage richten."

Werner verzog den Mund. „Wenn ich etwas jünger wäre, würde ich noch von Bord hier telegrafisch meine Eltern bitten, Sie für mich als Erzieherin anzustellen."

„Dazu müßten Sie schon ein bißchen kleiner sein, Werner. Und dann könnten Sie wieder nicht allein telegrafieren", sagte Mary vergnügt. „Außerdem — wer weiß, wie Sie mich als Erzieherin gefunden hätten. Rechnen Sie sich's mal aus! Als Sie zehn Jahre alt waren, da wär's ungefähr die richtige Zeit gewesen, wenn man noch etwas hätte retten wollen. Da war ich gerade vier. Meinen Sie, daß ich da großen Eindruck auf Sie gemacht hätte?"

Werner wußte, daß sein Lächeln jetzt töricht aussah. Aber das war ihm immer noch lieber, als wenn das Mädchen merkte, wie ernst er seine Antwort meinte. Stockend sagte er: „Ich – ich bin sicher, Mary, ich hätte Sie schon damals bezaubernd gefunden."

Erst in den Morgenstunden des nächsten Tages tauchte am Horizont Cornwall auf. Das Leuchtfeuer von Eddystone blinzelte den Europafahrern zu. Immer mehr Schiffe kamen in Sicht. Solche, die gleichfalls nach Europa fuhren, und solche, denen der Weg über den Atlantik in der anderen Richtung noch bevorstand. Wenn man die Wasserfläche mit dem Fernglas absuchte, wimmelte es nur so von Schiffen.

Die EUROPA hatte den Kanal erreicht.

Eine feine Familie

Als Frau Plieschke vom Einkaufen aus der Stadt zurückkam, war es kurz nach 15 Uhr. Frau Plieschke war müde, obwohl Edwin alle Pakete trug. Die wenigen guten Geschäfte, die für sie in Frage kamen, lagen so entsetzlich weit auseinander.

Obwohl Edwin die Frau seines Chefs von Geschäft zu Geschäft gefahren hatte, hielt sich Frau Plieschke für total erschöpft.

Und wenn du noch so fein und reich bist, dachte Edwin, als er seiner Chefin die Wagentür aufhielt und sie beim Aussteigen unterstützte, deine Schwester Emma ist mir tausendmal lieber. In Gedanken versunken, sah er der eleganten Frau nach.

Glücklich scheint sie trotzdem nicht zu sein, grübelte Edwin, obwohl ihr doch eigentlich nichts fehlt, was das Leben lebenswert macht. Geld hat sie, gesund ist sie, gut aussehen tut sie auch – warum, zum Kuckuck, ist diese Frau nicht zufrieden?

Dann öffnete er den Kofferraum und lud die Pakete aus.

Frau Plieschke war inzwischen auf dem natursteingepflasterten Weg um die Villa herum in den hinteren Teil des Gartens geschritten. Dort vermutete sie, schon im voraus enttäuscht, ihre Kinder, die doch eigentlich noch über den Schulaufgaben hätten sitzen müssen!

Frau Plieschkes Enttäuschung wurde dann auch nicht enttäuscht. Die Kinder saßen vollzählig nicht über den Heften, sondern unter den Bäumen.

„Habt ihr eure Schulaufgaben denn schon fertig?"

„Hallo, Mutti!" rief Daniela. „Wo bleibst du denn bloß? Hast du mir die Strümpfe mitgebracht?"

Daniela lag in einer Hängematte, die Edwin zwischen zwei Birken hatte aufspannen müssen, noch bevor er mit der Chefin in die Stadt gefahren war.

Daniela war ein bildhübsches Mädel mit rehbraunem Haar und rehbraunen Augen. Für ihre zwölf Jahre war sie nicht eben hochgewachsen. Im Augenblick lackierte sie sich die Fingernägel. Unter ihrer Hängematte schrillte ein Kofferradio.

„Ich habe gefragt, ob ihr eure Schulaufgaben fertig habt", sagte Frau Plieschke ein wenig lauter.

Daniela nickte.

Dirk murmelte gleichfalls etwas Zustimmendes. Ansonsten grub er den Rasen um. Dirk war dreizehn Jahre alt, blauäugig und eher blond als braun. Nach Zentimetern war er der Größte in der Klasse. Das verlieh ihm eine gewisse Würde, die ihn auch jetzt nicht verließ, als seine Mutter entsetzt auf den zerstörten englischen Rasen zeigte.

„Um Gottes willen! Was machst du denn mit dem Rasen?"

Dirk stützte sich auf den Spaten und erwiderte in dem sicheren Gefühl, nicht verstanden zu werden: „Ich grabe ihn um."

„Aber um Himmels willen, Junge! Warum denn? Der Rasen ist doch prachtvoll! Den darf man doch nicht umgraben."

Dirk schüttelte verzagt lächelnd den Kopf. „Möchtest du mir dann bitte verraten, Mutti, wie ich an die Würmer rankommen soll, die unter dem Rasen sind?"

„Ja, aber wozu denn? Was denn überhaupt für Würmer?"

„Für Vati."

Frau Plieschke wurde ärgerlich. „Zum Donnerwetter, drücke dich jetzt bitte verständlich aus! Und tu nicht immer so überheblich. Was will Vati mit den Würmern? Wo ist denn dein Vater überhaupt?"

„Er liegt im Zimmer auf dem Teppich", sagte Dirk so ernst wie möglich.

Frau Plieschke griff sich ans Herz. „Ist was passiert?"

„Ja, Vati will angeln gehen. Er macht wieder mal seine Angeln zurecht. Ich soll ihm Regenwürmer suchen. Und die besten gibt's unter dem Rasen, hat Vati gesagt. Dabei wird's doch bestimmt wieder nichts mit der Angelei!"

Frau Plieschke umklammerte eine der Birken, an der die Hängematte befestigt war.

„Vorsicht, nicht wackeln, Mutti, sonst verläuft mir der Lack."

Frau Plieschke ließ die Birke wieder los und betrachtete ihren Ältesten. „Sag mal, legst du es eigentlich darauf an, mich zu erschrecken? Ich habe tatsächlich einen Moment gedacht, Vati wäre etwas zugestoßen."

Als Frau Plieschke Dirks Augen sah, brauchte sie keine Antwort mehr. „Pfui, das ist eine häßliche Angewohnheit von dir, uns immer zu ängstigen! Tante Emma hast du ja damit auch aus dem Haus getrieben! Du weißt doch, wie schreckhaft ich bin!"

„Komm, sei kein Frosch, Mutti", sagte Dirk versöhnlich, „war doch nicht so gemeint. Wenn du bloß ein bißchen logisch denken würdest, dann würdest du auf so 'nen Spaß gar nicht erst reinfallen. Was ist denn schon dabei, wenn ich sage: Vati liegt im Zimmer auf dem Teppich. Stimmt doch auch!"

„Jedenfalls ist es höchste Zeit, daß ich eine Erzieherin finde", seufzte Frau Plieschke; dann sah sie zu Michael, ihrem Jüngsten, hinüber.

Der einzige, der fleißig ist, stellte sie fest. Auch jetzt schrieb Michael emsig irgend etwas ab.

In ihre Gedanken hinein erhielt Frau Plieschke einen Tritt in den Rücken. Nicht eben hart, auch nicht absichtlich; aber trotzdem störend.

„Sieh dich doch vor, Daniela! Du bist doch nicht allein hier! Was schlenkerst du denn dauernd so mit den Beinen?"

„Dein Lack trocknet so furchtbar schwer, Mutti. Und ich habe mir mal zum Spaß ein bißchen was auf die Zehennägel gemacht."

„Was soll denn das überhaupt bedeuten, daß du dir die Nägel lackierst?"

„Aber Mutti, ich gehe doch heute auf 'ne Geburtstagsfeier! Barbara ist zwölf geworden."

„Aber doch nicht mit lackierten Fingernägeln!"

„Machen doch alle, Mutti. Ich bin schließlich nicht mehr zehn!"

„Trotzdem bin ich dagegen", sagte Frau Plieschke, „und ich will doch nur dein Bestes."

Wie so oft, wenn sie mit ihren Kindern sprach, hatte Frau Plieschke das Gefühl, nicht verstanden zu werden. Wie gerne hätte sie gesehen, wenn die Kinder sie in all ihre Geheimnisse eingeweiht hätten, wenn sie in ihrer Mutter gleichzeitig auch den besten Kameraden gesehen hätten. Aber daraus war bisher nichts geworden, obwohl sie den dreien fast jeden Wunsch erfüllte.

In diesem Zusammenhang dachte Frau Plieschke jedesmal wehmütig an ihre eigene Jugend: sieben Kinder, arme Eltern – mitunter kaum genug zu essen. Wie ging es dagegen ihren Kindern! Aber von Dankbarkeit keine Spur.

Im Gegenteil: Daniela fiel eigentlich immer nur durch besondere Wünsche auf. In der Schule gehörte sie nicht mal zum Durchschnitt. Sie war faul und so liederlich, daß Frau Plieschke und die Reinemachefrau ständig aufzuräumen hatten.

Dirk war lediglich im Sport eine Kanone. Ansonsten interessierte ihn die Schule nicht sonderlich. Im Gegenteil! Er machte sich über die Lehrer lustig, die alle zusammen im Monat nicht soviel verdienten wie sein Vater in einer Woche. Und da für ihn klar war, daß er irgendwann die Firma P. Plieschke übernehmen würde, sah er keinen Grund, sich vorher in der Schule abzurackern.

Michael, gleichfalls blauäugig und blond, verstand es trotz seiner sieben Jahre am besten, auf Frau Plieschkes Stimmungen einzugehen. In der Schule war er einer der Besten. Im zweiten Schuljahr war das zwar noch keine Kunst; aber es sah ganz so aus, als sollte das auch in Zukunft so bleiben.

„Na, Süßer, wieder fleißig bei der Arbeit?"

Michael nickte artig. Er wußte, seine Mutter mochte das.

Frau Plieschke nahm ihr kostbares Hutmodell aus Stroh und Seide vom Kopf und beugte sich über den Knaben. „Kommst du gut voran?"

Michael nickte wieder. „Ja, Mutti. Recht gut." Dabei drehte er das Blatt, auf dem er gerade geschrieben hatte, um.

„Nanu? Das sieht ja aus wie ein richtiger Brief. Übt ihr denn in der Schule schon so schwere Sachen?"

Michael nickte ernst.

Frau Plieschke spürte, daß Dirk und Daniela gespannt herüberschauten.

„Darf ich mal sehen, was du Schönes geschrieben hast, Süßer?"

„Gerne, Mutti", sagte Michael artig und begann, seine Sachen wegzupacken. „Ich muß jetzt nur schnell weg. Nachher zeig ich's dir."

„Ich möchte es aber jetzt sehen." Das klang schon ein wenig mißtrauisch.

„Aber laß ihn doch, wenn er weg muß!" rief Daniela und sprang aus der Hängematte. „Sieh mal, Mutti, sind die Fingernägel nicht schick geworden?"

Michael hatte seine Mappe inzwischen geschlossen. Jetzt erhob er sich.

„Halt, hiergeblieben!" befahl Frau Plieschke. „Ich darf ja wohl erwarten, daß ich als Mutter ernst genommen werde! Sofort zeigst du mir den Brief, den du geschrieben hast! Oder warte ..."

Frau Plieschke riß Michael die Mappe aus der Hand, öffnete sie und zog den Brief heraus. Dabei entdeckte sie drei weitere, ganz ähnlich beschriebene Briefbogen, die ordentlich zusammengefaltet in einem Schreibheft gelegen hatten.

Stockend, ihren Augen und Ohren nicht trauend, las Frau Plieschke sich vor: „Liebes Fräulein Pahl, vielen Dank für Ihre Zuschrift; aber der Posten einer Erzieherin ist leider schon vergeben. Es hat deshalb auch keinen Zweck, daß Sie sich noch persönlich vorstellen. Hochachtungsvoll Plieschke."

Dann überflog sie die drei anderen Briefe. Bis auf den Namen in der Anrede glich einer dem anderen. Frau Plieschke ahnte Entsetzliches. Angewidert deutete sie auf die vier Briefe: „An wen hast du sie geschrieben, Junge?"

„An irgend jemand", sagte Michael verstockt und packte seine Sachen wieder ein.

Frau Plieschke umklammerte den Arm ihres Musterkindes. „An wen? Sofort sagst du mir ...!" Dann begann sie zu husten. „Hu – hu – huiii."

„Aua!" schrie Michael und rieb sich den schmerzenden Arm.

Und da die Mutter ihn nicht augenblicklich losließ, begann er sicherheitshalber zu heulen. Laut und schrill, damit es den Nachbarn nur ja nicht entgehen konnte.

„Schscht! Still doch! Was sollen die Leute denken!" Frau Plieschke versuchte mit wechselndem Erfolg, ihrem Jüngsten den Mund zuzuhalten. Dabei musterte sie durchbohrend ihre beiden Großen. „Habt ihr ihm etwa bei dieser Ungeheuerlichkeit geholfen?"

Daniela nickte. „Aber Mutti, dramatisiere doch nicht so. Natürlich haben wir ihm geholfen. Er wollte doch unbedingt auch so was schreiben. Was ist denn schon Schlimmes dabei."

„Dann — dann sind das also richtige Adressen? Und ich wundere mich, daß sich niemand auf die Inserate meldet, die ich in der Zeitung aufgegeben hatte."

Frau Plieschke hatte Tränen in den Augen. „Na wartet, das sage ich eurem Vater! Soll der sich doch auch mal mit euch rumärgern!"

Bebend und abermals hustend steckte Frau Plieschke die Briefe in ihre Krokodillederhandtasche. „Ihr habt also die Post an mich und euren Vater unterschlagen. Ihr werdet noch alle im Gefängnis enden; paßt mal auf!"

„Aber das ist doch kein Grund zur Aufregung, Mutti. Schließlich sollten die Dohlen ja für uns sein. Und wir haben nicht die Absicht, uns so einfach von irgendwem erziehen zu lassen. Die wollen doch alle bloß unser Geld", sagte Dirk.

Frau Plieschke ergriff ihren Hut. „Jedenfalls, die hier" — sie schwenkte die Briefe hin und her —, „die werden herbestellt. Alle! Und die Strengste stelle ich ein."

Dirk versuchte vergeblich, sich ein Grinsen zu verbeißen. „Aber Mutti, glaubst du denn wirklich, wir hätten die Briefe in der Kinderschrift von Michael abgeschickt? Natürlich haben wir sie selbst auch geschrieben. Und die vier da in deiner Tasche, die haben längst ihre Absage."

Fassungslos ließ Frau Plieschke sich neben Michael auf der Gartenbank nieder. „Jetzt verstehe ich gar nichts mehr. Warum habt ihr denn euren kleinen

Bruder dazu angestiftet, so etwas Entsetzliches zu tun?"

„Weil das die einzige Möglichkeit war, ihn am Petzen zu hindern. Deswegen sollte er denken, er hätte denen selbst abgeschrieben", erklärte Daniela nicht ohne Stolz. „Und außerdem, Mutti, was sich da beworben hat, das waren wirklich alles ganz miese Schrippen."

Frau Plieschke lief schluchzend ins Haus. An der Treppe begegnete ihr Edwin.

„Ick habe die Pakete in die Diele gelegt, gnädige Frau."

Wortlos hastete Frau Plieschke an ihm vorbei. In ihrem Zimmer warf sie sich auf den Diwan und weinte herzzerreißend. Wie sollte das nur weitergehen? Irgendwer mußte sich doch um diese Kinder kümmern! Irgend jemand mußte die drei doch zu anständigen Menschen erziehen, soweit das überhaupt noch möglich war. Auf ihren Mann brauchte sie dabei nicht zu zählen. Der hatte sein Geschäft im Kopf und sonst nichts.

Und sie selbst war dieser Aufgabe nicht gewachsen, das wußte sie. Das hatte sie eben im Park deutlicher gespürt als je zuvor. Vielleicht war es sogar das beste, die Kinder allesamt für ein paar Jahre in ein Internat zu tun. Auch darüber wollte Frau Plieschke gelegentlich nachdenken.

Zunächst erhob sie sich, trat an den Spiegel und betrachtete ihr gerötetes Gesicht. Entsetzt griff sie zu Puder und Lippenstift.

„Ich darf mich jetzt nicht gehenlassen", murmelte sie. „Ein wenig muß ich auch an mich denken."

Und dann faßte Magda Plieschke einen Entschluß.

„Egal, was es kostet, egal, wie alles weitergeht", sagte sie zu ihrem Spiegelbild, „morgen gehe ich zu einer Stellenvermittlung. Und wenn ich mit einer Raubtierwärterin zurückkomme — aber auf keinen Fall mit leeren Händen!"

Kaum gesagt, kamen Frau Plieschke auch schon Bedenken. Sollte sie nun einen Mann nehmen oder lieber eine Frau? Alt oder jung? Sollte diese Person im Hause wohnen oder nur tagsüber kommen?

„Ich bin total fertig!" klagte sie ihrem Spiegelbild. „Warum muß ich denn all diese schrecklichen Dinge alleine machen? Wenn doch nur einmal ein Mensch käme, der mir helfen, der mich beraten könnte!"

Die nächste bitte!

„Der nächste bitte", rief Herr Lotterbeck durch die angelehnte Tür nach draußen ins Wartezimmer.

„Darf es auch d i e nächste sein?" hörte er eine angenehme Stimme fragen.

Herr Lotterbeck haßte nichts so sehr wie Störungen; da er jedoch auf Kundschaft angewiesen war, vermochte er selbst bei schlechtester Laune noch zu lächeln. Aber jedes derartige Lächeln kostete ihn zusätzliche Nerven, und die waren bereits seit Jahren zum Zerreißen gespannt.

Seine Kundschaft spürte davon so gut wie nichts. Die Familie zu Hause dafür um so mehr. Denn fast jeden Abend nach Dienstschluß gab Herr Lotterbeck daheim Kostproben seiner unverfälschten Übellaunigkeit. Sowohl Frau Lotterbeck als auch die beiden Kinder, Frank, sechs Jahre, und Bettina, sieben Jahre alt, vermochten sich nicht einmal im Traum vorzustellen, ihr Vater könnte auch freundlich, kameradschaftlich oder gar lustig sein.

Zu Hause wechselte Herr Lotterbeck seinen maßgeschneiderten Anzug gegen eine uralte weite Hose und ein buntes Sporthemd aus. Und mit der Kleidung änderte sich auch sein Verhalten. Er bat jetzt nicht mehr um Ruhe wie im Büro – nein, er schrie nach ihr. Er hatte für nichts Verständnis und für niemanden Zeit.

Statt dessen studierte er in einem Ärztebuch alle möglichen Krankheiten, die er sich zutraute, trank dann und wann ein Bier und sorgte sich um seine Leber.

Nun aber stand ein junges Mädchen in der geöffneten Tür, die zum Wartezimmer führte, und lächelte ihn hinreißend an.

Hoffentlich nicht wieder so eine angebliche Sängerin, die keine Stimme hat und eine Stelle als Filmstar sucht, dachte Herr Lotterbeck mürrisch, deutete aber voller Liebenswürdigkeit auf einen mit schwarzem Kunstleder bezogenen Sessel.

„Lotterbeck ist mein Name." Dann zeigte er mit erhobenem Arm auf ein großes Plakat neben der Tür.

PRIVATE STELLENVERMITTLUNG
LOTTERBECK
SCHNELLSTENS RAT UND HILFE
LOTTERBECKS SPEZIALITÄT:
HOFFNUNGSLOSE FÄLLE

„Dort steht es, mein Fräulein. Lotterbeck hilft jedem. Sie haben gut daran getan, zu mir zu kommen. Womit kann ich dienen?"

Mary Panthen stellte fest, daß der Sessel erheblich besser gefedert war, als der Bezug es ahnen ließ. Zufrieden lehnte sie sich zurück. Herr Lotterbeck beugte sich vor und bot ihr eine Zigarette an.

Er sieht trotz seiner roten Gesichtsfarbe abgespannt aus, dachte Mary und lehnte dankend ab.

„Nichtraucherin, mein Fräulein? Bravo! Also bitte, schießen Sie los!"

„Ich suche eine Stelle. Ich möchte ein bißchen Geld verdienen", sagte Mary. „Als was, ist nicht so wichtig."

Herr Lotterbeck zückte einen goldenen Kugelschreiber und bat um Namen, Vornamen und Anschrift.

Als Mary ihre New Yorker Adresse nannte, wurde Herr Lotterbeck ernst. Er wußte mit Sicherheit, daß seine Nerven derartige Späße nicht vertrugen. Wo gab es denn so was, daß jemand ein paar Mark verdienen wollte und deswegen extra aus New York hierherkam!

Er warf den goldenen Kugelschreiber auf die Schreibtischplatte, stieß seinen Polsterstuhl zurück und trat ans Fenster. Dort atmete er tief ein.

Irgendwie muß ich ihn geärgert haben, grübelte Mary. Dann sagte sie rücksichtsvoll: „Soll ich vielleicht später noch mal wiederkommen?"

Herr Lotterbeck schüttelte den Kopf und nahm wieder Platz. Er hatte seine Selbstbeherrschung zurückgewonnen. „Was wollen Sie damit sagen, daß Sie aus New York sind? Sie kommen doch wirklich nicht aus — aus New York?"

Jetzt begriff Mary, worüber Herr Lotterbeck sich geärgert hatte. Also erzählte sie ihm kurz ihre Geschichte: Warum ihre Eltern sie von New York nach Hamburg hatten reisen lassen, und weshalb sie trotz ihrer Verwandten hier lieber selbst ein bißchen Geld verdienen wolle.

Als Herr Lotterbeck auch noch hörte, daß es der jungen Dame schnuppe sei, ob sie als Bürokraft, als Kindermädchen oder als Nachhilfelehrerin für Englisch und Spanisch ihr Geld verdiene, atmete er erleichtert auf.

„Donnerwetter! Alle Achtung", lobte er überschwenglich. „So was wie Sie kreuzt hier nicht alle

Tage auf, Fräulein Panthen. Die meisten, die da auf Ihrem Stuhl sitzen, sind ein bißchen schwierig. Mein Beruf ist wahrhaftig alles andere als Honiglecken."

„Dabei könnte ich mir gerade Ihren Beruf recht interessant vorstellen", sagte Mary ein wenig verwundert.

Herr Lotterbeck warf abwehrend die Hände hoch. „Sagen Sie doch so was nicht! Das war einmal. Heutzutage gibt es doch viel zuwenig Veränderungen auf dem Arbeitsmarkt. Sehen Sie, die Leute auf dem Arbeitsamt, die Angestellten dort, die haben's leicht. Die zucken die Schultern, wenn sie keine freie Stelle haben oder keinen passenden Arbeitsuchenden – und fertig."

Mary schüttelte ungläubig den Kopf. Dadurch fühlte Herr Lotterbeck sich erst recht angespornt. „Es ist, wie ich sage, Fräulein Panthen. Die zucken ganz einfach die Schultern" – Herr Lotterbeck führte mehrmals ein einfaches Schulterzucken vor –, „so, genau so, und fertig sind die Brüder. Aber so was kann ich mir doch nicht leisten! Dann wäre ich ja in vier Wochen pleite."

Mary nickte so ernst wie möglich. „Ich verstehe. Aber jetzt interessiert mich vor allem eins: Haben Sie nun mehr freie Stellen oder mehr Arbeitsuchende?"

„Sie meinen, ob ich für Sie etwas habe?" Herr Lotterbeck rieb sich vergnügt die Hände. „Nur keine Sorgen. Für Sie habe ich freie Stellen wie Sand am Meer."

Zur Bestätigung schlug er ein dickes Buch auf und blätterte, bis er gefunden hatte, was er suchte.

„Hören Sie zu, was Sie durch Lotterbeck morgen schon sein können: Assistentin für einen Zauberer – Raubtierpflegerin – Raumpflegerin – Sekretärin – Dolmetscherin – Übersetzerin – Kindermädchen –

Fahrstuhlführerin — Bardame und so weiter und so weiter. Na — zufrieden?"

Mary nickte. „Und ob. Aber ich hab's Ihnen ja vorhin erzählt — in erster Linie will ich Menschen kennenlernen und zeitlich nicht so ganz streng gebunden sein. Von dem, was Sie eben genannt haben, wäre vielleicht Dolmetscherin oder Übersetzerin am besten, sofern Englisch und Spanisch gewünscht sind."

Herr Lotterbeck hob warnend einen Finger. „Für die Dolmetscherin müßten Sie erst eine Prüfung an einer Dolmetscherschule ablegen. Das könnte ich beschleunigen, falls Sie Englisch und Spanisch wirklich perfekt sprechen. — Aber ohne Diplom . . .?"

Mary überlegte. „Natürlich spreche ich Englisch perfekt, und Spanisch wohl auch; aber es muß ja nicht Dolmetscherin sein. Übersetzerin tut's auch."

„Und wie sieht's mit der Sekretärin aus? Ich habe ein paar erstklassige Firmen. Allerdings, da müssen Sie jedoch Schreibmaschine und Steno beherrschen."

„Kann ich. Ziemlich flott sogar. Aber zu einer Sekretärin gehört noch viel mehr."

„Können Sie alles lernen, Kindchen, nur erst einmal anfangen, sage ich immer."

Mary schüttelte energisch den Kopf. „Aber nicht als Sekretärin! Wissen Sie, mein Vater hat drüben in New York eine Sekretärin; aber was für eine! Die hat eine große Betriebserfahrung, und die kennt meinen Vater so genau, das ist einfach toll. Und eine sehr viel schlechtere Sekretärin möchte ich ja auch nicht sein."

„Aber Sie brauchen doch nur ein bißchen Zeit zum Einarbeiten, Fräulein Panthen."

„Nein, nein. Außerdem, so lange werde ich ja auch gar nicht in Deutschland bleiben. Als einfache Schreibkraft könnte ich natürlich jederzeit anfangen."

„Und wie wär's als Kindermädchen? Da habe ich auch ein paar gute Angebote."

Mary nickte. „Das könnte ich auch. Leicht sogar, wenn ich an meine Brüder denke."

„Und ob Sie das können. Das spüre ich. Mit Ihnen lege ich Ehre ein, Fräulein Panthen, ganz egal, wohin ich Sie empfehle."

Mary lachte.

„Übertreiben Sie doch nicht so, Herr Lotterbeck! Aber das ist klar: Mühe werde ich mir bestimmt geben. Nur, bedenken Sie bitte, ich bin keine Fachkraft."

„Aber wendig", sagte Herr Lotterbeck anerkennend, „sehr, sehr wendig."

„Was würden Sie mir denn nun empfehlen?"

Herr Lotterbeck antwortete ohne Zögern: „Die Assistentin bei Kurrunga. Das ist dieser Zauberer, wissen

Sie? Ein ganz berühmter Mann. Und riesig nett. Der zersägt Sie jeden Abend und läßt Sie verschwinden und alles so was. Da würden Sie schnell was von der Welt sehen."

„Aber das will ich ja gerade nicht, die Welt sehen. Deutschland reicht mir. Deswegen bin ich doch hier. Stellen Sie sich mal die Situation vor: Ich nehme diese Stelle, und dann zersägt mich Herr Kurrunga in New York. Was sollen denn da meine Eltern denken?"

„Aber er zahlt tausend Mark!"

„Das ist nicht so wichtig."

Es sah ganz so aus, als wollte sich Herr Lotterbeck noch weiter für Herrn Kurrunga einsetzen; aber dazu kam er nicht. Er wurde unterbrochen. Zunächst klopfte es.

Bevor Herr Lotterbeck etwas sagen konnte, ging die Tür auch schon auf. Eine Dame wehte herein. Duftend, elegant und — wie ihre herabgezogenen Mundwinkel verrieten — ein wenig leidend.

Als erstes wollte Herr Lotterbeck die Dame bitten, ein paar Minuten draußen zu warten. Auch dazu kam er nicht.

„Tut mir leid, wenn ich störe, aber ich habe keine Zeit zum Warten", sagte die elegante Dame dafür um so bestimmter.

Herr Lotterbeck hüstelte nervös. Trotzdem war er entschlossen, höflich zu bleiben; zumal er auf den ersten Blick sah, daß hier vermutlich allerhand zu verdienen war. Höflich erhob er sich, um nun endlich wenigstens seinen Namen zu nennen. Auch das blieb ihm versagt.

„Sie sind Herr Lotterbeck persönlich, hoffe ich?"

Herr Lotterbeck nickte ergeben und ließ sich wieder zurückfallen.

„Mein Name ist Plieschke."

Herr Lotterbeck schnellte hoch. „Doch nicht etwa die Frau Gemahlin von P. Plieschke?"

Diese Reaktion tat der Dame sichtlich wohl. „Genau die", sagte sie zufrieden. „Und Sie müssen mir helfen, Herr Lotterbeck, verstehen Sie? Und zwar sofort!"

Herr Lotterbeck verstand nichts und nickte. „Aber gewiß, gnädige Frau. Selbstverständlich. Ich verstehe. Aber gewiß doch. Sie wissen, Lotterbecks Spezialität: hoffnungslose Fälle!"

Dann warf er Mary einen flehenden Blick zu. Mary verstand. Sie erhob sich und fragte artig: „Ist es nicht besser, gnädige Frau, wenn ich draußen warte? Sie möchten doch sicher allein mit Herrn Lotterbeck sprechen. Und ich habe es wirklich nicht eilig."

Frau Plieschke tat, als sähe sie erst jetzt das junge Mädel neben ihr. „Das finde ich ganz reizend von Ihnen, Fräulein. Ich werde mich auch bestimmt beeilen."

Lotterbeck hilft jedem

Kaum hatte sich die Tür hinter Mary geschlossen, erfuhr Herr Lotterbeck auch schon, was die Frau des Käsemillionärs suchte: eine tüchtige Erzieherin für ihre Kinder.

Herr Lotterbeck wußte auf Anhieb, daß in seinen Akten weit und breit keine besonders geeignete, ja nicht einmal eine höchst ungeeignete Erzieherin steckte. Trotzdem setzte er seine verheißungsvollste Miene auf.

„Erlauben Sie, Ihnen zunächst aus meiner langjährigen Erfahrung heraus zu sagen: Das ist eines der schwersten Probleme, die es gibt, gnädige Frau."

„Was — bitte?"

„Die richtige Erzieherin zu finden."

„Haben Sie überhaupt eine?"

Herr Lotterbeck hielt mit priesterlicher Gebärde die Hand über einen der dicksten Aktenordner auf seinem Tisch und sagte: „Wie Sand am Meer."

Erleichtert lehnte sich Frau Plieschke zurück. „Gott sei Dank! Und was empfehlen Sie mir?"

Herr Lotterbeck beugte sich vor und musterte sein Gegenüber ein paar Sekunden. Dann fragte er: „Wollen Sie alle ausprobieren, die ich habe — oder soll ich Ihnen die Qual der Wahl abnehmen?"

„Könnten Sie das wirklich?" fragte Frau Plieschke beeindruckt. „Eigentlich kann ich das noch gar nicht fassen. Auf dem Arbeitsamt eben, da hat man mir keinerlei Hoffnung gemacht."

Herr Lotterbeck lachte grimmig. „Da hat man nur den Kopf geschüttelt, was? Und die Schulter gezuckt, nicht wahr?"

„Genauso war's", bestätigte Frau Plieschke; sie war von diesem hilfsbereiten Menschen angetan. „Ein Glück, daß ich Sie gefunden habe. Aber nun zur Sache. Haben Sie auch Fotos von den betreffenden Leuten da?"

Begütigend hob Herr Lotterbeck die Hand. „Eine Sekunde. Selbstverständlich habe ich Fotos da und Lebensläufe und Empfehlungen. Alles da, alles vorrätig, in Hülle und Fülle."

Herr Lotterbeck spürte, daß er sich diesmal angesichts der Finanzlage im Hause Plieschke in einer Weise festgelogen hatte, die kaum noch einen Ausweg erkennen ließ. Aber gerade in diese ansteigende Hoffnungslosigkeit hinein drängte sich plötzlich ein rettender Gedanke. Ein Bild. Das Bild eines herzerfrischenden jungen Mädchens. Das Bild der Mary Panthen.

Wie Schuppen fiel es Herrn Lotterbeck von den Augen: Dieses Mädchen mußte ihn retten. Es war zu allem zu gebrauchen. Und da es eben noch bereit gewesen war, eine Stelle als Kindermädchen anzunehmen — warum dann nicht auch gleich die einer Erzieherin?

Herr Lotterbeck fühlte: Es kam jetzt nur darauf an, der Frau Plieschke dieses Mädchen so geschickt wie möglich zu servieren. Ohne Zweifel würde sie Mary zu jung finden. Dieser Einwand mußte also erst einmal beseitigt werden. Und im Beseitigen von Einwänden hatte Herr Lotterbeck eine Spezialmethode; noch dazu eine, die er meisterhaft beherrschte.

„Sehen Sie, gnädige Frau", begann er mit vor Anteilnahme bebender Stimme, „ich stelle mir da eine ältere Dame vor; nicht zu alt, aber doch voller Würde. Schweigsam müßte sie sein. Energisch, wenn es nötig ist, und äh – und doch gewissermaßen liebevoll."

Frau Plieschke hörte andächtig zu. Was der Mann da sagte, war Musik in ihren Ohren. Hier wurde man ja erstklassig beraten. Fachmännisch und ganz auf ihren speziellen Fall abgestimmt. Sie beschloß, diesen Herrn Lotterbeck auch allen ihren Bekannten zu empfehlen, zumal er über Menschenreserven zu verfügen schien, die dem Arbeitsamt fehlten. Diese ältere Dame, die er gerade beschrieben hatte, war genau die Richtige.

„Und so was hätten Sie tatsächlich?"

„Aber gewiß doch, gnädige Frau. Oder hätten Sie lieber einen Herrn als Erzieher? Einen ehemaligen Handelsschullehrer zum Beispiel? Ich denke da an einen, der lange Jahre in einem bekannten Schweizer Internat Kinder aus den besten Familien erzogen hat."

Frau Plieschke zögerte. Auch dieses Angebot klang verlockend. „Ich könnte also tatsächlich wählen?"

„So ist es, gnädige Frau. Sie allein entscheiden. Aber ich beneide Sie nicht darum. Ich weiß, wie entsetzlich schwer eine derartige Entscheidung ist."

Das schlichte Mitgefühl dieses Mannes tat Magda Plieschke wohl. Sie verstärkte den leidenden Zug um ihre Mundwinkel ein wenig und sagte leise: „Natürlich möchte ich mir die beiden erst unverbindlich ansehen. Obwohl ich mehr zu einer Dame neige. Aber ich lege bei allem den größten Wert auf Ihren Rat."

Herr Lotterbeck lachte herzlich. „Liebe, verehrte gnädige Frau, glauben Sie denn im Ernst, ich würde nicht von selbst auf einer unverbindlichen Besichtigung bestehen? Nur die Vorauswahl müssen wir beide hier treffen. Ich kann den Herrn innerhalb von vier Stunden aus Luzern herholen. Bei der älteren Dame, an die ich dachte, geht es noch etwas schneller. Die ist nämlich zur Zeit in der Nähe von München."

Wenn ich gewußt hätte, dachte Frau Plieschke, wie schnell man hier Hilfe bekommt, dann hätte ich mich nicht so lange mit Emma rumgeärgert.

Währenddessen hatte sich Herr Lotterbeck erhoben. Nachdenklich schritt er ein paarmal im Zimmer hin und her. Aus mehreren Zeitungsartikeln und von Bildern her wußte er, daß Millionär Plieschke drei Kinder hatte. Daraus wollte er sich jetzt seinen Trumpf zusammenbasteln. Endlich blieb er vor der Millionärsgattin stehen und beugte sich zu ihr hinunter.

„Vielleicht hätten wir jetzt beide beinahe einen schweren Fehler gemacht, gnädige Frau; die wichtigste Frage habe ich nämlich vergessen. Wie alt ist das Kind?"

„Es sind drei", sagte Frau Plieschke ein wenig verlegen.

Herr Lotterbeck ließ sehen, daß ihn das außerordentlich nachdenklich stimmte. Mit ernster Miene fuhr er fort: „Und — wie alt sind die drei, bitte schön?"

„Sieben und dreizehn die beiden Jungen und zwölf das Mädchen."

Der Stellenvermittler schlug die Hände zusammen und seufzte. „Also genau in dem Alter, in dem unsere heutige Jugend die Erwachsenen nicht mehr für voll nimmt. Entschuldigen Sie bitte meine Freimütigkeit, gnädige Frau; aber nur schonungslose Offenheit wird uns beiden helfen, die richtige Erzieherin für ihre drei Kinder zu finden."

Frau Plieschke faltete gleichfalls die Hände. „Fragen Sie nur", sagte sie ergeben. „Ich ahne schon, was sie als nächstes wissen wollen. Ob meine Kinder leicht oder schwer zu erziehen sind, ja?"

Herr Lotterbeck nickte schwermütig.

Frau Plieschke wischte sich ein paar Tränen aus den Augen.

„Ich verstehe." Herr Lotterbeck winkte ab. Nach einer langen Pause sagte er dann: „Mir kommen leider Zweifel."

„Zweifel? Oh, tun Sie mir das nicht an!" Frau Plieschke beugte sich ängstlich vor. „Woran denn Zweifel? Sie meinen, ob die beiden die Stelle auch annehmen, wenn sie gehört haben, daß meine Kinder nicht ausgesprochen leicht zu erziehen sind?"

„Das ist es nicht, was mich bedrückt, gnädige Frau, ich meinte etwas anderes. Aber Sie dürfen sich nicht so aufregen. Das schadet Ihnen. Überlassen Sie bitte alles mir. Es geht mir jetzt nicht darum, ob die Erzieherin, für die Sie sich ja so gut wie entschieden haben, auch wirklich kommt. Natürlich kommt sie! Nein, es geht leider um etwas sehr viel Schwerwiegenderes. Darum nämlich, ob eine ältere Dame für Ihre Kinder auch wirklich das absolut Richtige ist. Und — da muß ich nun leider gestehen: Sie ist es nicht."

„Aber ich muß jemand haben", schluchzte Frau Plieschke, „so kann es nicht weitergehen."

Herr Lotterbeck lehnte sich zufrieden zurück. Er hatte erreicht, was er erreichen wollte: Sein Gegenüber würde jetzt auf alles eingehen, was er empfahl.

„Mir schwebt da etwas ganz anderes vor, gnädige Frau. Ich meine, Sie müßten Ihre Kinder mit einer Kraft überraschen, die kein bißchen nach einer Erzieherin aussieht. Im Gegenteil! Sie sollte hübsch, modern und natürlich sein. Und ganz wichtig: Die

Dame müßte jung sein, damit sie von Ihren Kindern nicht einfach schon deshalb abgelehnt wird, weil sie zu alt ist."

Frau Plieschke nickte verständnisvoll, und Herr Lotterbeck fuhr fort:

„Ich wiederhole: Sie muß unbedingt jung sein, gnädige Frau. Ja, lassen Sie es mich tapfer aussprechen: Sie kann gar nicht jung genug sein! Kurz und gut, sie müßte wie eine ältere Schwester langsam Einfluß auf Ihre Kinder gewinnen. Vorbildlichen Einfluß!"

Herr Lotterbeck hob den rechten Arm und schüttelte ihn beschwörend.

„Und das ist eine große Kunst, gnädige Frau, so zu erziehen, daß man kaum etwas davon merkt. Nicht wie eine gelernte Erzieherin, sondern nur wie ein ganz natürliches junges Mädchen."

Frau Plieschke hatte gebannt an Herrn Lotterbecks Lippen gehangen. Endlich wagte sie dann die entscheidende Frage: „Und — so einen jungen Menschen hätten Sie auch greifbar?"

„Allerdings", fügte Herr Lotterbeck beiläufig hinzu, „gerade die Vermittlung dieses jungen Menschen, den ich aus New York habe, ist nicht ganz billig."

Frau Plieschke wehrte fast beleidigt ab. „Aber ich bitte Sie, mein lieber Herr Lotterbeck! Wenn das klappt und ich diese Kraft bekomme, dann spielt doch der Preis überhaupt keine Rolle. Am besten, Sie telefonieren, damit die junge Dame mit dem nächsten Flugzeug herkommt. Was glauben Sie denn, wann sie sich vorstellen könnte?"

Nun sah der Stellenvermittler vollends wie ein Weihnachtsmann aus. „Sie haben unaussprechliches Glück, gnädige Frau. Nur eine einzige Minute brauchen Sie zu warten. Die junge Dame weilt zur Zeit in Europa."

Fassungslos sah Frau Plieschke Herrn Lotterbeck nach. „Ich träume doch wohl", murmelte sie. „Eine Minute nur?"

Als Herr Lotterbeck die Tür zum Wartezimmer hinter sich zuzog, war ihr, als hätte eben ein Engel den Raum verlassen. So etwas in der heutigen Zeit, dachte sie. Wo es weit und breit kein Personal gibt, geschweige denn Erzieher. Und Herr Lotterbeck, dieser Teufelskerl, hat sie gleich dutzendweise vorrätig!

Währenddessen redete der Teufelskerl im Wartezimmer hastig auf Mary ein.

„Es ist die Chance für Sie!"

„Aber gleich als Erzieherin . . . ?"

„Ach was, kein Aber! Sie machen das! Und ich handle für Sie fünfhundert Mark und freie Kost und Logis heraus. Und sechs freie Tage im Monat. Na los, nehmen Sie an!"

Mary sah vergnügt in Herrn Lotterbecks gerötetes Gesicht. „Manchmal macht Ihr Beruf wohl doch noch Spaß, was?"

Herr Lotterbeck lächelte und sah dabei fast aus wie ein kleiner Lausbub.

Mary sah auf ihre Armbanduhr und stellte fest, daß sie bereits seit sieben Stunden in Hamburg war. Außerdem knurrte ihr Magen. Es war also höchste Zeit, geordnete Verhältnisse zu schaffen.

„Wieviel Kinder sind es denn?" fragte sie.

„Drei."

„Und wie alt?"

„Sieben, zwölf und dreizehn", berichtete Herr Lotterbeck unsicher.

„Und nicht besonders artig, was?"

„Natürlich nicht. Aber Sie schaffen das bestimmt, Fräulein Panthen. Sie sind ja so wendig. Und wenn nicht, rufen Sie mich an. Ich verrate Ihnen dann schnell ein paar Tricks."

„Sie werden lachen, ich freue mich schon darauf."

„Worauf? Auf meine Tricks?"

Mary lachte. „Nein, auf meine neue Stellung. Die erste in meinem Leben."

„Sie nehmen also tatsächlich an?" Herr Lotterbeck hatte die Türklinke zu seinem Arbeitszimmer schon wieder in der Hand.

Das junge Mädchen nickte.

Und damit begann Mary Panthens Rolle als Erzieherin im Hause Plieschke.

Die Dressur kann beginnen

„Bitte sehr, mein Fräulein", sagte Edwin und riß
die schmiedeeiserne Gartentür auf.

Mary zögerte, um Frau Plieschke den Vortritt zu
lassen, und ging dann freundlich lächelnd an Edwin
vorbei.

Um Himmels willen! dachte der Chauffeur. Was
wird das junge Ding wohl alles erdulden müssen,
bevor es davonläuft. Dabei kam ihm ganz zwangsläufig Tante Emma in den Sinn. Ein doppelter Grund
für Edwin, tief zu seufzen, ehe er Marys Koffer ins
Haus trug.

Angenehm überrascht sah Herr Plieschke dem schlanken, braunhaarigen Mädel entgegen. „Sie sind tatsächlich Erzieherin? Sie könnten ja meine Tochter sein!"

Mary nickte. „Gewiß. Aber warum sollte Ihre Tochter keine Erzieherin sein können?"

„Sehr richtig", sagte Frau Plieschke, „lassen Sie sich von meinem Mann nur nichts gefallen. Das ist nämlich einer von denen, die glauben, nur Männer könnten richtig arbeiten. Was wir armen Frauen tun, das zählt ja alles nicht."

Mary lächelte ein wenig krampfhaft. Frau Plieschkes Stimme hatte ihr zu ernst bei dieser doch sicher scherzhaft gemeinten Bemerkung geklungen.

„Wenn Ihnen unser Haus nur halb so gut gefällt wie Sie mir", sagte Herr Plieschke, „dann bin ich schon zufrieden."

Ehe Mary etwas erwidern konnte, öffnete Frau Plieschke die Tür zu einem etwa zwanzig Quadratmeter großen Zimmer und sagte: „Das hier ist Ihr Zimmer."

Neugierig sah sich Mary um. Das Zimmer lag unter dem Dach. Daher war die Fensterwand abgeschrägt. Ein großes, der Dachschräge angepaßtes Klappfenster gab den Blick auf einen parkähnlichen Garten frei.

„Es gefällt mir wirklich sehr gut", sagte Mary und strich über den zierlichen Schreibtisch, der ebenso wie Schrank, Bett, Nachttisch, Sessel und Radio weiß gestrichen war. Auf dem tiefroten Teppichboden lag eine echte Brücke.

Die Lampen am Bett und neben dem Schreibtisch waren zwar ein wenig protzig, fand Mary, aber alles in allem konnte man sich kaum ein besser eingerichtetes Zimmer wünschen. Und die persönliche Note würde sie bald selbst in dieses Zimmer bringen.

„Wie wär's denn, wenn – ich meine – willst du die Kinder nicht mal rufen, Peer?" fragte Frau Plieschke ungeduldig.

„Ich?" Herr Plieschke hob abwehrend die Hände. „Das mach du man. Ich muß ins Geschäft."

„Peer, ich bitte dich, du wirst doch noch soviel Zeit haben, um dabeizusein, wenn..."

„... wenn Fräulein Panthen unsere ungeratenen Kinder besichtigt?" Herr Plieschke hob abwehrend die Hände.

Wie's scheint, haben beide Angst vor den lieben Kleinen, dachte Mary. Dann fragte sie: „Wissen Ihre Kinder denn schon, daß sie eine Erzieherin bekommen werden?"

Frau Plieschke schüttelte den Kopf und begann zu weinen. „Alles bleibt an mir hängen. Ich bin doch auch nur ein Mensch. Mein Mann schüttelt das ja alles ab. Dem ist doch alles egal. Hauptsache, der Käse ist gut."

„Welcher Käse?" fragte Mary verblüfft.

Frau Plieschke weinte weiter und zeigte dabei auf ihren Mann. Der stand da wie ein Schuljunge, der etwas ausgefressen hat.

„Ich habe einen Käsegroßhandel. In den USA gibt's sicher größere. Aber für die Bundesrepublik ist es einer der größten. Im- und Export! Meine Devise: Käse von P P – schmackhafter denn je!"

„Bitte, mach nicht auch jetzt noch Werbung, Peer!" schluchzte Magda auf. „Ruf lieber die Kinder und bleib hier. Du kannst mich doch jetzt nicht allein lassen!"

Herr Plieschke öffnete die Tür und schrie: „Dirk! Daniela! Michael! Herkommen!"

Niemand kam.

„Vielleicht sind sie im Garten", meinte Mary.

Herr Plieschke öffnete das Fenster und brüllte noch lauter: „Dirk! Daniela! Michael! Herkommen!"

Niemand kam.

Eine Zornesader schwoll über Herrn Plieschkes Schläfe an. „Sind die Kinder nun hier oder nicht?"

„Ich weiß es nicht, Peer. Ich weiß nichts! Ach — ich bin ja so fertig. So müde. So runter mit den Nerven..."

„Wenn ich einen Vorschlag machen darf", sagte Mary. „Mir wär's am liebsten, Sie gingen an Ihre Arbeit, Herr Plieschke. Und Sie, Frau Plieschke, sollten sich hinlegen und sich ein wenig entspannen. Ich werde dann erst einmal meine Sachen auspacken."

„Und die Kinder?" fragte Herr Plieschke.

Mary winkte ab. „Keine Sorge. Ich knipse das Radio an und lasse die Tür auf. Wenn Ihre Kinder da sind, treibt die Neugierde sie schon in meine Arme."

„Ausgezeichnet." Herr Plieschke sah auf die Uhr. „Also, dann bis heute abend."

„Wenn Sie meinen, Mary." Frau Plieschke seufzte und trocknete ihre Tränen. „Ich kann mich wirklich kaum noch auf den Beinen halten."

Als Mary allein war, suchte sie im Radio die heißeste Musik, die drin war. Dann packte sie ihre Koffer aus und ordnete Wäsche, Blusen und Pullover in die Schubfächer ein. Ein Bild von ihren Eltern stellte sie auf den Nachttisch. Das Bild ihrer beiden Brüder kam auf das Radio.

Es ist wie im Krimi, dachte Mary vergnügt. Das gewarnte Opfer wartet auf die Täter. Nur gut, daß ich von der Bande wenigstens Namen und Alter weiß.

Sie trat abermals an das schräge Dachfenster. Die Aussicht von hier oben war prächtig. Plötzlich spürte sie, daß hinter ihr jemand stand. Obwohl sie keinen Schritt gehört hatte, kein Knarren, keinen Atemzug.

Vergeblich versuchte sie, in der Fensterscheibe ein Spiegelbild dessen zu sehen, was hinter ihr vorging. Dann hörte sie ein Geräusch. Es platschte. Etwa so, als ob jemand einen nassen Lappen auf die Erde geworfen hätte. Mary drehte sich um. Auf dem Parkettfußboden unmittelbar vor ihrer Tür saß ein Frosch. Sekundenlang sah er an Mary vorbei in das weißmöblierte Zimmer hinein.

Möglich, daß ihn der rote Teppichboden nachdenklich stimmte – möglich auch, daß er durch das helle Licht vom Fenster her vorübergehend geblendet war, jedenfalls blieb er ein paar Augenblicke lang unbeweglich sitzen. Lange genug, um Mary Zeit zu lassen, auch die restlichen Besucher in der Türöffnung zu mustern. Einträchtig standen sie hinter dem Frosch, so daß dem letztlich kaum eine andere Wahl blieb, als in Marys Zimmer zu hüpfen.

Rechts hinter dem Frosch stand Daniela. In ihrem Gesicht waren Schadenfreude und Ekel zu lesen. Ein hübsches Mädchen, stellte Mary fest.

In der Mitte stand Michael. Er starrte voller Spannung in Marys Gesicht. Vermutlich wartete er auf einen Schreckensschrei oder darauf, daß Mary auf den Sessel springen und um Hilfe schreien würde, wie es Tante Emma garantiert getan hätte.

Links hinter dem Frosch stand Dirk. Sein Gesicht sprach Bände. Die Ablehnung darin war augenblicklich in Staunen umgeschlagen, als die Erzieherin sich umgedreht hatte.

Mary ging auf die drei zu. Aber nur so weit, daß der Frosch keinen Grund zur Aufregung sah.

„Nett, daß ihr mich besucht", sagte sie.

Daniela rümpfte die Nase und machte „päh!"

Die beiden Jungen schwiegen. Dirk verlegen, Michael erwartungsvoll auf den Frosch blickend.

„Und was für ein süßes Vieh habt ihr mir da mitgebracht!" Vorsichtig kniete Mary nieder.

„Ein Frosch", sagte Michael stolz.

„Wahrhaftig, ein so schönes Exemplar habe ich in ganz Amerika noch nicht gefunden." Mary betrachtete die hellbraunen Flecken auf der rotbraunen Haut. „Es ist ein Weibchen", sagte sie. „Nicht wegen der quergestreiften Beine, die haben Männchen auch, sondern wegen der Bauchfarbe. Die Männchen sind da schmutzigweiß. Und die Froschdame hier ist fast rot, seht ihr? Und hier die braungelben Streifen? Wirklich, das ist der schönste Grasfrosch, den ich je gesehen habe."

Mary versuchte die Hand vorsichtig von hinten über den Frosch zu legen; aber der schien Böses zu ahnen und sprang davon.

Daniela schrie angeekelt auf.

„Keine Sorge", sagte Mary ohne jede Ironie, „ich hab ihn gleich."

Und tatsächlich — beim zweiten Versuch bekam sie den Frosch zu fassen.

„Habt ihr den etwa im Garten gefunden?"

Daniela warf ärgerlich den Kopf zurück und ging davon.

„Einen Augenblick bitte!" rief Mary ihr nach. „Paßt es dir, Daniela, wenn wir uns in zehn Minuten im Wohnzimmer treffen?"

„Wenn's sein muß", sagte das Mädchen spitz und ging weiter, ohne sich umzudrehen.

„Wer von euch bringt mich denn dorthin, wo ihr das Froschfräulein hier aufgegabelt habt?"

Die beiden Jungen schwiegen.

„Hast du ihn raufgetragen, Michael?"

„Ja."

„Hoffentlich hast du ihn nicht gequetscht!"

Michael schüttelte den Kopf. „Ich bin doch nicht
doof."

Dirk war inzwischen vor Verlegenheit rot ange-
laufen. Er hatte immer noch kein einziges Wort gesagt. Was sollte das Fräulein wohl von ihm denken.
Unglücklicherweise fiel ihm auch nicht ein, was er
hätte sagen können.

„Du bist doch am ältesten, Dirk?" fragte Mary, ohne
in sein verlegenes Gesicht zu sehen.

„Ja. Dreizehn."

„Paßt es dir auch in etwa zehn Minuten?"

„Ja."

„Na fein." Mary wandte sich an Michael. „Dann
gehen wir beide jetzt schnell noch in den Garten.
Ohne dich mache ich da bestimmt was falsch."

„Sind Sie wirklich aus Amerika?" fragte Michael. Mary nickte und ging in Richtung zur Treppe voran. Wortlos schritt Michael hinter dem Fräulein aus Amerika und dem Froschfräulein aus dem Garten her.

Als er an Dirk vorbeiging und der ihn verächtlich angrinste, zuckte Michael hilflos mit den Schultern, zeigte seinem Bruder einen Vogel und machte unmittelbar darauf zwei schnelle Schritte vorwärts. So wich er dem Fußtritt aus, den Dirk ihm zugedacht hatte, und überholte dadurch ungewollt die neue Erzieherin.

„Nett von dir, daß du vorangehst", sagte Mary.

Finstere Rachepläne

Nur der siebenjährige Michael war pünktlich zur Stelle. Mary unterhielt sich mit ihm über die Schule, über seine Lieblingsfächer Erdkunde und Zeichnen und über das Froschfräulein.

„Hast du eigentlich schon mal zugesehen, wie aus einer Kaulquappe ein Frosch entsteht?"

Es stellte sich heraus, daß Michael von Kaulquappen noch nie etwas gehört hatte. Mary holte ein Lexikon.

„Und aus so was werden Frösche? Und man kann dabei zusehen?"

„Allerdings."

„Das glaube ich nicht."

„Und warum nicht?"

„Weil das ja Zauberei wäre. Und so was gibt's nicht, hat mein Vater gesagt. Das sind bloß alles Tricks, wenn jemand zaubert."

„Es stimmt schon, was dein Vater gesagt hat; aber der meint solche Zauberer, die Kartenkunststücke vorführen, die arbeiten mit Tricks. In der Natur gibt es sicher keine Zauberei, aber viel Wunderbares: Aus kleinen Kindern werden große Leute, aus einem Samenkorn wird ein riesiger Baum — nun ja, und aus Kaulquappen werden eben Frösche."

„Hm", machte Michael nachdenklich.

Mary streichelte über sein Haar. „Sieh mal, du warst vor ein paar Jahren ja auch ein ganz kleines Kind, und jetzt bist du schon ein ziemlich großer Junge."

Michael schüttelte wieder den Kopf. „Das ist was anderes. Ich war ja schon immer ein Junge. Nur zuerst war ich kleiner. Aber die Kaulquappen sind doch Kaulquappen! Wieso dann Frösche daraus werden — das versteh ich nicht!"

„Du meinst, weil sie zuerst nicht wie Frösche aussehen?"

Der Knabe nickte.

„Du hast auch nicht immer wie ein Junge ausgesehen, Michael. Vor deiner Geburt, als du noch ganz winzig klein warst, nicht viel größer als die Kaulquappen hier im Lexikon, da hast du einer Kaulquappe sehr viel ähnlicher gesehen als einem Menschen."

„Das glaube ich bestimmt nicht", sagte Michael. „Aber wenn das wahr ist, daß man zusehen kann, wie aus einer Kaulquappe ein Frosch wird, dann will ich zusehen. Und daß ich früher wie eine Kaulquappe ausgesehen haben soll, das sage ich meiner Mutter."

„Das ist deine Sache. Aber sicher ist ihr das nicht neu."

Nachdenklich betrachtete der Knabe das Mädchen aus Amerika. Dann sagte er: „Woher wissen Sie das eigentlich? Das mit den Kaulquappen?"

Mary sah auf die Uhr. Daniela und Dirk ließen ohne Zweifel absichtlich auf sich warten. „Ich kann mich erinnern, als ich so alt war wie du, Michael, da haben ein paar von meinen Spielkameraden Kaulquappen aus dem Bach gefischt. Die haben sie dann in Marmeladegläser getan und damit gespielt."

„Wie gespielt?"

„Eigentlich haben sie die Tiere nur gequält. Sicher, ohne es zu ahnen. Und nach einer Weile haben sie das Wasser mitsamt den Kaulquappen auf die Straße gegossen."

„Und solche Gemeinheiten haben Sie mitgemacht?" fragte Michael mißtrauisch.

„Nicht mitgemacht! Ich bin gerade dazugekommen, als die Tiere auf der Straße zappelten. Ich wollte sie schnell aufheben; aber das war gar nicht so leicht. Geekelt habe ich mich auch ein bißchen damals. Jedenfalls habe ich sie alle in mein Taschentuch getan und bin nach Hause gelaufen."

„Und die anderen Kinder?"

„Die haben mich ausgelacht, weil ich so ein Theater gemacht habe wegen der paar Kaulquappen."

„Wie viele waren's denn?"

„Kinder oder Kaulquappen?"

„Kaulquappen", sagte Michael ernst.

„Sechs."

„Und die sind in Ihrem Taschentuch nicht kaputtgegangen?"

„Beinahe", sagte Mary. „Bestimmt haben sie sehr gelitten. Was hättest du denn an meiner Stelle getan?"

Michael legte einen Finger an die Lippen. Nach einer Weile sagte er: „Ich hätte sie ins Wasser zurückgebracht."

„Der Bach war weit weg", entgegnete Mary.

„Dann hätte ich sie in einen Eimer mit Wasser gesetzt."

„Das habe ich auch gemacht, als ich zu Hause war, und es war höchste Zeit! Aber sie haben sich alle wieder erholt."

„Und das sind dann Frösche geworden?"

„Alle sechs; aber es hat eine ganze Weile gedauert. Ich weiß es noch ganz genau: Ich habe Sand und einen großen Stein in den Eimer getan. Der Stein sollte eine Felseninsel sein, weißt du? Ich hab ihn so gelegt, daß er ein bißchen aus dem Wasser ragte. Weil ich dachte, wenn das wirklich Frösche werden, wie's in meinem Schulbuch stand, dann wollen die sich vielleicht auch mal ausruhen oder ein bißchen krabbeln, nicht nur immer schwimmen."

„Und plötzlich waren es Frösche?"

„Nicht plötzlich. Das entwickelte sich ganz allmählich", sagte Mary. „Anfangs sahen die sechs Dinger eher wie Fische ohne Augen aus. Plötzlich entdeckte ich dann Augen. Bald darauf einen Mund. Dann wuchsen die Hinterbeine. Danach die Vorderbeine, erst das eine, dann das andere. Dabei wurde der lange Schwanz immer kleiner. Bis endlich die jungen Frösche fertig waren."

„Und was haben die Frösche gemacht?"

„Die sind einer nach dem anderen aus dem Eimer gehüpft. Und alle hatten da noch ein kleines Schwänzchen", berichtete Mary.

„Frösche mit Schwänzen?"

„Glaubst du mir schon wieder nicht?"

Michael schwing unsicher.

„Ich mache dir einen Vorschlag", sagte Mary. „Wollen wir nicht gelegentlich mal sehen, wer recht hat?"

Gerade als der Junge begeistert mit dem Kopf nickte, ging die Tür auf.

„Entschuldigen Sie", sagte Dirk möglichst lässig, „wir haben uns ein bißchen verspätet." Daniela setzte sich wortlos.

Von wegen verspätet, dachte Mary. Absichtlich seid ihr zu spät gekommen! Dabei nickte sie den beiden freundlich zu und wandte sich dann wieder an Michael: „Einen Eimer mit Wasser werden wir doch wohl auftreiben können?"

Michaels Augen leuchteten. „Na klar", sagte er, „und dann werden wir ja sehen, ob ich selbst Frösche züchten kann."

„Das erlaubt Mutti nie, daß du so eklige Tiere ins Haus schleppst", sagte da Daniela.

„Ich bin ziemlich sicher, daß eure Mutter das erlaubt", entgegnete Mary. „Außerdem wäre das ja nicht das erstemal, daß Frösche ins Haus kommen."

Dirk hob lauernd den Kopf. „Hörst du, Daniela? Das soll eine Drohung sein. Unsere neue Erzieherin will uns verpetzen. Wegen des kleinen Spaßes vorhin mit dem Frosch!"

Daniela strich sich über das Haar und betrachtete dann eingehend ihre gepflegten Fingernägel. „Kaum sind Sie hier, geht der Tratsch schon los."

„Ich euch verpetzen?" Mary lächelte freundlich. „Ihr träumt wohl. Ich habe nichts gegen Frösche. Euer Bruder weiß auch, warum."

„Sie hat 'ne Froschzucht gehabt", berichtete Michael. „Aus Kaulquappen. Das werde ich jetzt auch mal probieren."

„Nichts wirst du", sagte Dirk, „sonst kannst du dein blaues Wunder erleben. Entweder wir halten zusammen, oder du kriegst Senge."

„Ich will ja mit euch zusammenhalten", verteidigte sich Michael, „und außerdem will ich Frösche züchten — wenn das überhaupt geht."

„Wollen Sie also unseren Eltern was von dem Frosch vorhin sagen oder nicht?" fragte Daniela forsch.

„Wenn ihr solchen Wert darauf legt, daß eure Eltern das erfahren, müßt ihr es ihnen schon selbst erzählen."

Daniela hob die Schultern und sah durchs Fenster in den Himmel hinauf. Endlich sagte sie gelangweilt: „Machen Sie doch, was Sie wollen. — Kann ich jetzt gehen?"

„Gleich", sagte Mary. „Ich nehme an, du hast es eilig. Ich möchte nur schnell ein paar Dinge besprechen."

„Wie Sie uns erziehen wollen?" fragte Dirk so ironisch wie möglich.

Mary sah den großen Jungen an. Aufmerksam und ohne Herablassung. „Tut doch bloß nicht so, als ob ihr nicht beide wüßtet, daß man niemand gegen seinen Willen erziehen kann. Was ich hier will, spielt doch überhaupt keine Rolle. Entscheidend ist, was i h r wollt! Wenn ihr dagegen seid, daß euch jemand hilft, dann wird das auch niemand schaffen. Ihr könnt da also ganz beruhigt sein."

„Helfen?" Daniela sah sich fragend um, so, als müsse sie Dirk erst suchen. „Wieso brauchen wir eigentlich Hilfe? Brauchst du Hilfe, Dirk? — Ich jedenfalls nicht, höchstens, wenn Sie die Schularbeiten für uns machen wollen — das wäre natürlich was anderes."

Mary ließ sich auf kein Gefecht ein. „Falls ich's mal besser kann als ihr — warum nicht?" sagte sie. „Nach dem, was ich mit eurer Mutter besprochen habe, soll ich mich aber nicht nur um eure Schularbeiten kümmern, sondern auch ein bißchen um euer Benehmen, um die Ordnung in euren Zimmern und so weiter und so weiter."

Dirk schüttelte den Kopf. „Ich verstehe gar nicht, wie man an solch 'nem Job Spaß haben kann. Warum wollen Sie sich denn unbedingt mit uns rumärgern?"

„Wer sagt denn, daß ich mich ärgern will?" Mary lächelte freundlich.

Dirk knabberte unschlüssig auf der Unterlippe. Für ein achtzehnjähriges Mädchen ist die verflixt hart im Nehmen, dachte er.

Daniela schien zu spüren, daß Dirk fast schon so etwas wie Bewunderung zu empfinden begann. Deshalb warf sie den Kopf zurück und sagte: „In unserer Schule gibt es Schülerinnen, die sind älter als Sie."

„Ich danke dir für das Kompliment, Daniela, obwohl du's ja sicher nicht so nett gemeint hast. Aber was willst du sonst damit sagen? An meiner Schule gab es einen zwölfjährigen Jungen, der konnte besser rechnen als sein Mathematikprofessor. Deswegen sind noch längst nicht alle zwölfjährigen Schüler bessere Rechner als ihre Lehrer."

Daniela wich Marys Blick aus und sagte trotzig: „Sagen Sie ruhig unseren Eltern, wie frech wir waren! Damit sie endlich mal wieder einen richtigen Grund zum Toben haben."

Dirk erhob sich. „Ich muß zum Training", sagte er und ging zur Tür.

„Fußball?" erkundigte sich Mary.

„Leichtathletik", murmelte Dirk verdrossen.

„Einen Augenblick noch." Mary stand auf. „Vorhin bin ich mit euren Eltern an euren Zimmern vorbeigekommen. Soweit ich erkennen konnte, herrschte da ein ganz schönes Durcheinander. Könntest du vor dem Training nicht schnell noch ein bißchen Ordnung machen? Und ihr beiden anderen auch?"

Dirk schüttelte den Kopf. „Leider keine Zeit. Außerdem haben wir ja dafür eine Reinemachefrau,"

Daniela antwortete überhaupt nichts auf diese Zumutung. Sie verließ das Zimmer und warf die Tür hinter sich zu. Michael nickte Mary verstohlen zu, was wohl heißen sollte, daß er bereit sei, sein Zimmer ein bißchen aufzuräumen.

Zu Dirk gewandt, sagte Mary: „Du sollst natürlich nicht zu spät zum Training kommen. In Zukunft weißt du's ja dann früher. Macht es dir etwas aus, wenn ich dein Zimmer heute noch mal in Ordnung bringe?"

„Im Ernst?" Dirk wußte nicht, was diese Worte bedeuten sollten.

„Im Ernst", sagte Mary. „Einer muß es ja machen."

„Okay!" Dirk zögerte immer noch. „Aber nicht die Briefmarken durcheinanderbringen, die sind sortiert." Dann verließ auch er das Zimmer.

Ich bin gespannt, wie laut er die Tür zuschmeißen wird, dachte Mary.

Aber die Tür fiel leise ins Schloß.

Hier gab es harte Arbeit, das war Mary klar; einen Vorgeschmack hatte sie ja eben bekommen. Dann sah sie, daß Michael noch im Zimmer war. Er stand am Fenster und sah in den Garten hinaus. „Na, was hast du jetzt vor, Michael?"

„Vielleicht male ich ein bißchen, oder ich räume erst ein bißchen auf."

„In Ordnung." Mary klopfte ihm auf die Schulter. „Dann sehe ich mich mal im Garten um. Und das mit den Kaulquappen machen wir in den nächsten Tagen, ja?"

Michael wartete am Fenster, bis er Mary über den Rasen gehen sah. Er überlegte, ob er auch runtergehen sollte. Nein, dachte er dann, besser nicht. Wenn die anderen merken, daß ich diese Mary ganz nett finde, kriege ich bestimmt Senge.

Daniela saß währenddessen in ihrem Zimmer und heulte vor Wut. „Ich falle nicht auf ihre weiche Welle rein", murmelte sie dumpf in den Spiegel, „ich nicht! Ich lasse mich nicht von jemand rumkommandieren, der gerade ein paar Jahre älter ist als ich. Die graule ich hier raus!"

Dirk radelte inzwischen auf den Sportplatz zu.

Diese Mary sieht nicht nur hübscher aus als alle Mädchen in unserer Schule, dachte er, sie ist auch bestimmt nicht dumm. Und unmodern ist sie auch nicht. Aber mich hält sie für ein Kind. Und das wird sie büßen müssen! Von mir kann sie keine Hilfe erwarten. Und das mit den Zimmern vorhin war doch albern. Wo kämen wir denn da hin: Sie bettelt ein bißchen — und schon räumen wir auf!

Eine schwer erziehbare Familie

Die ersten Tage in der Villa Plieschke waren anstrengend für Mary. Nicht, weil es besonders viel Arbeit gegeben hätte, sondern weil Mary nach und nach immer besser begriff, wie kompliziert die drei Kinder waren, die sie erziehen sollte.

Sie kannte ähnliche Fälle aus den Staaten. Kinder reicher Eltern, denen alle Wünsche blindlings erfüllt wurden, entwickelten sich häufig so. Sie lernen ganz zwangsläufig, nur an sich zu denken. Sie wollen alles haben, alles besitzen — aber selbst nichts dafür tun, nichts leisten.

Außerdem fehlte den Kindern hier in diesem Haus die elterliche Liebe. Nicht, daß Plieschkes ihre Kinder nicht geliebt hätten — sie liebten sie sicher ebenso wie andere Eltern ihre Kinder. Plieschkes kamen nur aus verschiedenen Gründen nicht dazu, die Kinder das auch spüren zu lassen.

Herr Plieschke arbeitete von früh bis spät für seine Familie. Aber das allein macht den guten Vater noch nicht aus. Väter sollten ab und zu auch mit ihren Kindern toben, mit ihnen Pläne schmieden, ja sogar ihre Hilfe in Anspruch nehmen.

Herrn Plieschkes Kinder wußten eigentlich nur, daß ihr Vater fleißig und reich war, daß er ihnen mit seinem Reichtum das Leben an allen Ecken und Enden erleichtern konnte.

Und Frau Plieschke? Mary hatte sie gefragt, warum sie nicht irgendeinen Sport treibe.

„Ich würde an Ihrer Stelle Tennis spielen und schwimmen gehen", hatte Mary empfohlen.

Frau Plieschke hatte leidvoll abgewinkt und auf ihr Asthma verwiesen. „Für diese Dinge bin ich zu alt, liebe Mary", hatte sie gesagt, „außerdem würde mein Mann darüber nur lachen."

Mary hatte entschieden widersprochen. Sie hatte von ihrer Familie erzählt, von den tagelangen Wanderungen, die Vater und Mutter mit ihr und den beiden Brüdern gemacht hatten — aber vergeblich.

„So was kann man vielleicht in Amerika tun, aber nicht hier", hatte Frau Plieschke gesagt, ihren Hals massiert und endlich ein wenig gehustet.

Dennoch hatte sich schon nach wenigen Tagen einiges geändert. Im Garten stand ein Eimer, in dem ein paar Dutzend Kaulquappen sich langsam zu Fröschen entwickeln sollten.

Michaels Zimmer war, wie die Reinemachefrau bestätigte, als einziges der drei Kinderzimmer neuerdings aufgeräumt.

Über Marys Bett klebten an der Wand vier sehr verkleckste Zeichnungen. Zwei davon hatte Mary in Michaels Zimmer entdeckt. Und da sie die ungelenken Farbtupfer wegen der schönen leuchtenden Farben gelobt hatte, hatte Michael ihr die Blätter geschenkt und noch am selben Abend zwei weitere gemalt.

„Und Sie finden das wirklich schön?" hatte der Junge ungläubig gefragt.

„Vieles an deinen Bildern finde ich schön, ja. Besonders gefällt mir, wie gut du es schon verstehst, Farben zu mischen."

Dirk und Daniela versuchten sich auf ihre Weise mit Mary abzufinden: Sie grüßten höflich, sie ließen ihr an jeder Tür den Vortritt und redeten sie mit Fräulein Mary an. Ansonsten gingen sie ihrer Erzieherin soweit wie möglich aus dem Wege.

So lagen die Dinge, als Marys erster freier Sonntag im Hause Plieschke begann. Gegen zehn Uhr — die Familie hatte das Frühstück fast beendet — betrat Mary das Eßzimmer.

„Morgen, Mary", dröhnte Herr Plieschke. „Ich habe gar nicht gewußt, daß Sie so eine Langschläferin sind. Ich hatte schon befürchtet, Sie wären zurück nach Amerika geflüchtet."

„Warum soll sie denn nicht mal richtig ausschlafen", sagte Frau Plieschke freundlich, „schließlich ist heute ihr erster freier Tag. Da kann sie doch aufstehen, wann sie will."

Daniela und Dirk sagten wie aus einem Munde: „Guten Morgen, Fräulein Mary!" Sonst nichts.

Michael stand auf und reichte Mary die Hand. „Schon zurück von der Wanderung?"

Das Mädchen nickte.

„Wanderung? Ich höre immer Wanderung!"

„Sie hören richtig, Herr Plieschke. Bin endlich mal wieder dazu gekommen, ein paar Stunden zu laufen."

„Ein paar Stunden?" Herr Plieschke sah ungläubig auf die Uhr.

„Sehr vernünftig", meinte Frau Plieschke. „An die Luft müßte ich auch mal wieder. Aber warum eigentlich gleich ein paar Stunden, Mary? Sind Sie denn jetzt nicht völlig fertig?"

Das Mädchen lachte. „Was glauben Sie, wie lange Sie laufen könnten, Frau Plieschke, wenn Sie nur die richtige Lust dazu hätten!"

Herr Plieschke lachte aus vollem Halse. „Meine Frau? Na, das möchte ich sehen. Das möchte ich erleben. Du hältst keine halbe Stunde durch, was, Herzchen? Höchstens beim Einkaufen, stimmt's?"

Als Herr Plieschke sah, daß seine Frau nicht mitlachte, tätschelte er ihre Hand. „Hast du ja auch gar nicht mehr nötig, Magda, stundenlang rumzulaufen, nicht wahr? Wozu gibt's schließlich Autos!"

„Ich finde solche Lauferei auch geistlos", meldete sich Daniela, die bisher abwartend geschwiegen hatte.

Augenblicklich ließ Herr Plieschke die Hand seiner Frau los und sah lauernd hoch. Um ihm zuvorzukommen, gab Mary lieber selbst eine Antwort.

„Weißt du, Daniela, das ist von Fall zu Fall verschieden. Aber du hast in einem gewissen Sinn schon recht, wenn du Laufen für geistlos hältst. Wer dumm ist, wird durch Laufen sicher nicht viel klüger."

„Moment mal", sagte Herr Plieschke gereizt. „Wenn ich dich eben richtig verstanden habe, Daniela, war das doch eben eine Frechheit."

Daniela lief rot an und schwieg.

Als Herr Plieschke sich wieder in Wut reden wollte, wehrte Mary ab. „Der Fall ist bereits erledigt, Daniela hat mir ihre Meinung gesagt und ich ihr meine. Es liegt wirklich kein Grund zur Aufregung vor."

„Na, ich weiß nicht ..." Herr Plieschke sah finster in die Runde. „Ich hätte eher gedacht, es ist mal wieder soweit. Daniela braucht mal wieder was hinter die Ohren."

„Aber Peer, bitte! Was soll denn Mary von uns denken. Nimm doch Rücksicht auf meine Nerven."

„Was ich denke?" Mary sah Herrn Plieschke mahnend an. „Ich denke, wenn eine Unterhaltung ein bißchen spitz verläuft, dann kann das die verschiedensten Gründe haben. Darüber kann man reden.

Wer dann aber zu schlagen anfängt, der hat es wohl aufgegeben, sich geistig auseinanderzusetzen."

Herr Plieschke verstand Mary sehr wohl. Er hatte ihr gleich am ersten Tag versprechen müssen, nicht in Marys Erziehungsversuche einzugreifen. Schon gar nicht mit Machtworten und Schlägen, wie er es Mary hilfreich angeboten hatte.

Donnerwetter, dachte er daher jetzt, kann die Kleine energisch werden! Das sollte mir mal jemand in meinem Geschäft bieten.

Dirk zwang sich, nicht zu grinsen. Am liebsten hätte er's getan; denn sein Vater, der sich sonst nicht die Bohne gefallen ließ, nickte Mary artig zu und schwieg.

Daniela sah weiter steinern vor sich hin.

„Du könntest ja auch tatsächlich etwas freundlicher sein." Frau Plieschke musterte ihre Tochter vorwurfsvoll. „Du weißt, daß Aufregung mich sofort krank macht."

Es ist wirklich schon schwer genug, diese Kinder anzuleiten, dachte Mary, aber mit den Eltern wird's sicher noch schwerer. Laut sagte sie:

„Ich möchte nur noch einmal klarstellen, daß Daniela lediglich gesagt hat, sie fände langes Herumlaufen geistlos. Wenn sie mich damit ein bißchen hat ärgern wollen — na bitte, das ist ihre Sache. Ich habe sie mit meiner Antwort ja dann auch zu ärgern versucht. Bevor man aber eine Unterhaltung über den Wert von Wanderungen ernsthaft führen kann, sollte man selbst mal lostippeln."

„Sehr richtig", sagte Herr Plieschke, der sich selbst nicht getroffen fühlte.

Diese unerwartete Zustimmung nutzend, fuhr Mary fort: „Und deswegen schlage ich vor, wir stehen am nächsten Sonntag alle etwas eher auf als sonst und machen eine Wanderung, falls das Wetter schön ist."

Um das Schlimmste zu verhüten, sagte Herr Plieschke zustimmend: „Sehr richtig, warum soll uns Edwin nicht mal wieder raus ins Grüne fahren!"

„Na fein", meinte Mary, „Sie machen also mit. Edwin wird sicher eine Gegend finden, in der man stundenlang laufen kann, ohne einen einzigen Menschen zu treffen."

Herr Plieschke seufzte. Da hatte er sich was Schönes eingebrockt. Aus der Sache kam er so leicht nicht mehr raus. Andererseits — warum sollte man nicht mal wieder ein bißchen frische Luft in die Lungen pumpen?

„Bitte, Peer, du weißt, mein Asthma verbietet mir solche Anstrengungen!" Frau Plieschke sah ihren Mann hilfesuchend an.

„Keine Sorge", beruhigte Mary sie, „meine Oma hatte auch Asthma, die ist mit achtzig noch in den Wald gelaufen und hat Pilze gesucht."

Im Eßzimmer herrschte dumpfes Schweigen.

„Trotzdem kann ja Edwin sicherheitshalber hinter uns herfahren", meinte Mary einlenkend.

„Ich finde einen anständigen Waldlauf gar nicht so übel", meinte Dirk.

Mary nickte ihm dankbar zu. „Na fein, endlich kommen wir alle unter einen Hut. Und Sie brauchen wirklich keine Sorge zu haben, Frau Plieschke. Wir passen schon auf, daß Sie sich nicht überanstrengen. Sie werden sehen: Am Ende laufen Sie uns noch davon."

Frau Plieschke nickte ergeben. „Gut, ich mache mit, solange es geht. Hoffentlich trifft uns niemand dabei."

„Wobei?" fragte Michael naiv.

„Na, beim Wandern. Die müssen uns doch für verrückt halten."

„Dann sind die anderen ja auch verrückt", sagte Michael. „Wer uns beim Wandern trifft, wandert ja auch. Ich finde das prima. Endlich mal hier raus! Und ich darf einen Rucksack tragen, hat Mary gesagt."

„Wozu denn um Himmels willen einen Rucksack?" Frau Plieschke richtete sich entsetzt auf.

„Keine Bange", besänftigte Mary sie. „Sie brauchen keinen zu tragen." Zu Daniela gewandt fuhr sie fort: „Hast du vielleicht irgendeinen Vorschlag, wohin die Tour gehen könnte?"

Daniela schüttelte den Kopf. Nicht freundlich, aber sie bemühte sich wenigstens, nicht unfreundlich zu wirken; schließlich hatte Mary ihr eben eine Ohrfeige erspart. „Ich habe keine Ahnung."

„Dann geht's dir so wie mir", sagte Mary. „Wenn es dir recht ist, komme ich heute nachmittag mal zu dir aufs Zimmer. Eine Landkarte von der näheren Umgebung hast du doch?"

„Ja, aber Dirk hat auch eine. Der kennt die Gegend hier viel besser als ich."

„Das kann schon sein. Du vergißt nur, daß Dirk ein Sportler ist. Wenn ich die Tour mit ihm zusammen aussuche, dann wird sie bestimmt viel länger, als wenn du mir hilfst. Mir ist schon lieber, wenn wir uns nachher kurz zusammensetzen."

„Vorher müssen wir aber noch zu meinen Kaulquappen, Mary!"

„Aber natürlich, Michael. Ich hab's dir ja versprochen. Gleich nach dem Frühstück. Heute sind die Augen bestimmt wieder ein bißchen größer."

„Wäre das nicht eigentlich besser eine Beschäftigung für den Winter gewesen?" fragte Frau Plieschke vorsichtig. „Ich wäre vorhin beinahe über den Eimer gestürzt."

„Das tut mir leid", sagte Mary. „Wir werden den Eimer nachher gleich unter einen Busch stellen. Dann kann niemand mehr darüberfallen. Aber im Winter —

das wäre nicht gegangen, Frau Plieschke. Gerade jetzt, Anfang Juni, ist die richtige Zeit! In ein paar Wochen wird es zwar überall kleine Frösche geben, aber kaum noch Kaulquappen."

Herr Plieschke sah auf die Uhr, obwohl es Sonntag war. Dann erhob er sich hastig. „Höchste Zeit, Kinder. Ich muß ins Büro und dann vor allem in die Käselagerei. In den letzten Tagen hat die Temperatur zu stark geschwankt."

„Aber Peer", sagte Frau Plieschke, „dafür hast du doch deine Leute. Mußt du dich denn ausgerechnet sonntags selbst um so etwas kümmern?"

„Falls ich's schaffe, bin ich zum Essen wieder da", erwiderte Herr Plieschke. „Wenn nicht, dann laßt's euch gut schmecken. Und − schönen Sonntag!"

Ganz neue Methoden

Danielas und Dirks Zimmer blieben unaufgeräumt trotz aller herkömmlichen Versuche, den beiden Lust an Ordnung einzureden.

„Darf ich denn wenigstens ein bißchen zusammenräumen?" fragte Frau Kunkel, die Reinemachefrau. „Sonst weiß ich ja gar nicht, wo ich wischen soll."

„Lassen Sie nur", sagte Mary, „für diese Zimmer möchte ich gern zuständig sein, wenn es die Kinder nicht selbst sein wollen."

„Aber wo doch alles so durcheinanderliegt, Fräuleinchen? Gerade hier bei Daniela."

„Sie haben genug andere Arbeit in diesem Haus, Frau Kunkel. Das hier schaffe ich schon. Und wenn nicht, kann ich Sie ja immer noch um Hilfe bitten."

„Aber Sie sind doch nicht zum Aufräumen da, Fräuleinchen. Sie sind doch fürs Erziehen."

„Eben", sagte Mary liebenswürdig und schob Frau Kunkel aus dem Zimmer.

Die Kinder waren in der Schule.

Danielas Bettdecke lag auf der Erde. Das Laken bildete wie immer ein wildes Durcheinander. Die Pantoffeln mußten direkt vom Fuß in die äußerste Ecke des Zimmers geschleudert worden sein. Und da Daniela täglich frische Strümpfe anzog, lagen die vom Vortag jeweils dort, wo das Mädchen sie am Abend gerade ausgezogen hatte.

Unter dem Regal auf der Erde lagen Schulhefte und Bücher, daneben ein rotes Kissen. Mary wußte, daß Daniela beim Lesen am liebsten auf dem Teppich lag. Das rote Kissen diente ihr dann als Stütze.

Natürlich hatte Mary gegen Leute, die im Liegen lesen, nichts einzuwenden; ihr mißfiel lediglich, daß Daniela nach dem Lesen die Bücher nicht ins Regal zurückstellte. Meistens legte sie auch die Hefte nicht wieder in das Schubfach im Schreibtisch, die Pinsel nicht in den Malkasten, den Tuschkasten nicht in das Zeichenschubfach und die Schallplatten nicht in die Plattenalben.

Auch für die Fotos von Schauspielern und Sängern, die Daniela mit großem Eifer sammelte, schien es keinen festen Platz in diesem Zimmer zu geben.

Auf der fast zwei Meter breiten Arbeitsplatte unter einem der Zimmerfenster häuften sich Kugelschreiber, Zeichen- und Millimeterpapier, Hefte, Winkelmesser, Lineale und Dreiecke.

Nachdenklich setzte sich Mary auf das rote Kissen. Sie sah sich zwar um, in Gedanken war sie aber drüben in den Staaten bei ihrer Familie. Ob sie hier das gleiche versuchen sollte wie damals mit ihren Brüdern?

Endlich erhob sie sich und ging in den Keller. Mit zwei großen festen Pappkartons kam sie wieder herauf. Einer war für Danielas Zimmer bestimmt, der andere für Dirks.

In diese Kartons tat sie alles, was in den Zimmern herumlag. Dabei achtete sie gewissenhaft darauf, daß kein Bild geknickt, keine Platte beschädigt und kein Bleistift abgebrochen wurde.

So zog auf diese ungewöhnliche Weise wieder Ordnung in die Zimmer ein. Nur das wild zerwühlte Bett und Danielas gebrauchte Strümpfe rührte sie nicht an.

In Dirks Karton ordnete sie neben dem üblichen Krimskrams auch einen Fußball, acht Federbälle, zwei Federballschläger, ein paar Spikes und Knieschützer ein, dazu Hunderte von Briefumschlägen und Postkarten, von denen Dirk sicher irgendwann die Briefmarken entfernen wollte.

Da in diesem Zimmer das Bett ordentlicher aussah, da hier weder gebrauchte Strümpfe noch gebrauchte Unterwäsche herumlagen, machte Mary das Bett. Danach erhielt Frau Kunkel die Erlaubnis, die beiden Zimmer sauberzumachen.

Noch bevor sie damit begann, tauchte Frau Plieschke auf. Verstört betrachtete sie die in den Pappkartons verstaute Unordnung. Mary erklärte, was sie getan hatte.

Frau Plieschke schüttelte bedenklich den Kopf. „Das wird auch nichts helfen. Was glauben Sie, was ich seit Jahren rede und predige! Die Kinder sind anscheinend nicht zur Ordnung geboren."

„Ich glaube nicht, daß überhaupt irgend jemand dazu geboren ist, Ordnung zu halten", sagte Mary. „Ich glaube, es war falsch, daß Sie immer wieder versucht haben, durch langes Zureden Ihren Willen bei den Kindern durchzusetzen!"

„Ja, muß man das denn nicht?" fragte Frau Plieschke unsicher. „Wollen Sie sich denn nicht auch gegen alle diese Liederlichkeiten durchsetzen?"

„Das will ich ganz bestimmt nicht", sagte Mary. „Wenn ich das wollte, müßte ich Ihre Kinder gewissermaßen besiegen. Und wie Sie sehen, haben die nicht die geringste Lust, sich unterkriegen zu lassen."

„Ja, aber irgendwann müssen Sie sich doch durchsetzen — oder aber Sie geben es auf, genau wie ich, und die Kunkel macht sauber."

„Ich sehe das anders, Frau Plieschke. Ich werde erst einmal den Kindern nicht länger alles so nachräumen, wie es bisher geschehen ist. Ein bißchen dabei helfen will ich gerne."

Mary zeigte auf den gefüllten Pappkarton in Danielas Zimmer.

Frau Plieschke schüttelte besorgt den Kopf. „Und Sie glauben wirklich, Ihre Methode, alles, was rumliegt, in einen Karton zu packen, sei friedlicher als mein Auf-sie-Einreden?"

„Ich hoffe, daß Ihre Kinder mir das glauben. Sehen Sie, wohin alle die Sachen, die hier rumgelegen haben, wirklich gehören, das wissen die Kinder doch am besten. Und es ist ihre Sache, sie dahinzutun. Ich räume das Zeug hier nur zusammen, damit Frau Kunkel saubermachen kann. — Übrigens, mit Michael habe ich in dieser Beziehung nicht die geringste Arbeit mehr!"

Frau Plieschke nickte. „Man sollte es nicht für möglich halten! Den haben Sie mit Ihren Kaulquappen restlos gewonnen. Der würde für Sie durchs Feuer gehen, wenn Dirk und Daniela ihn nicht immer wieder daran hinderten."

„Ich bin sehr froh darüber, daß Michael mir schon vertraut", sagte Mary. „Gestern hat er mir übrigens wieder ein Bild geschenkt."

„Ich habe es gesehen", sagte Frau Plieschke und zog ein säuerliches Gesicht. „Er malt wirklich fürchterliche Sachen zusammen. Kein Wunder, daß er eine Fünf im Zeichnen hat. Ich verstehe nur nicht, wieso Sie sich diese Gekleckse in Ihr Zimmer hängen, Mary."

„Ich finde vieles an Michaels Zeichnungen wirklich recht gut. Wenn die Lehrerin anderer Meinung ist, so ist das ihre Sache. Am wichtigsten ist allerdings, Kindern in diesem Alter Mut zu machen, wenn man über ihre Zeichnungen spricht. Eine Fünf im Zeichnen für einen Siebenjährigen, das ist für meine Begriffe auch eine Fünf für den Zeichenlehrer. Vielleicht kümmere ich mich da später mal drum."

„Das würde ich an Ihrer Stelle lieber nicht tun", sagte Frau Plieschke ein wenig verstimmt, weil Mary nicht einmal mit ihr einer Meinung war, was Michaels Zeichentalent betraf. „Außerdem haben Sie ja noch genug zu tun, bis in diesen Zimmern die Ordnung herrscht, die Sie sich vorstellen."

Als Daniela und Dirk aus der Schule kamen, beschäftigte sich Mary absichtlich im Garten. So sah und hörte sie nichts von Danielas Tränen und von

Dirks wildem Geschimpfe. Auch beim Mittagessen schwiegen die beiden. Kaum aber hatten die Eltern das Eßzimmer verlassen, fuhr Daniela Mary an:

„Was wollen Sie denn damit erreichen?"

„Nichts will ich damit erreichen", sagte Mary. „Die gefüllten Kartons in euren Zimmern sind die logische Folge davon, daß alles, was in euren Zimmern herumliegt, irgendwohin muß. Sonst kann Frau Kunkel nicht saubermachen. – Ich kann mir gut vorstellen, daß ihr besser wißt, wo alles hingehört; aber das ist eure Sache. Ich denke nicht daran, euch zu zwingen, Ordnung zu halten. Nur, versteht mich bitte richtig: Ich lasse mich auch nicht zu Arbeiten zwingen, die euch zukommen."

„Soll das heißen, daß Sie jetzt täglich alles in diesen Karton werfen?" fragte Dirk.

„Mich jedenfalls kriegen Sie damit nicht klein", fügte Daniela wütend hinzu.

„Wir wollen uns über dieses Thema nicht streiten", sagte Mary ruhig. „Wenn ihr mir beim Aufräumen in euren Zimmern helft, indem ihr das meiste selbst an seinen Platz tut, ist es gut. Und wenn ihr das nicht wollt, weiß ich nichts Besseres, als die Sachen irgendwo zusammenzulegen."

Am nächsten Morgen hatte Dirk den größten Teil der Gegenstände, die in dem Pappkarton gelegen hatten, irgendwo verstaut. Mary hatte eigentlich nichts weiter zu tun, als den Pappkarton mit den restlichen Dingen auf die Arbeitsplatte zu stellen – und schon konnte Frau Kunkel saubermachen.

Danielas Zimmer hingegen sah entsetzlich aus. Als Mary das fast schon künstlerische Durcheinander sah, mußte sie lächeln. Dieses Mädchen hatte einen Dickkopf, der schon beinahe wieder sympathisch war. Der Pappkarton stand unberührt mitten im Zimmer auf dem Teppich. Aber außer den Strümpfen vom Vortag lagen heute auch Unterwäsche und ein Trainingsanzug herum.

Das einzige, was hier nicht benutzt wird, ist der Wäschekorb, dachte Mary, denn er war leer.

Frau Kunkel kam herein.

„Na, machen Sie das heute etwa wieder mit dem Karton?"

„Nein", sagte Mary. „Daniela hat mir gestern ziemlich deutlich gesagt, was sie davon hält. Und ich will sie nicht ärgern."

„Soll ich schnell lüften und ein bißchen durchwischen?"

„Nein", sagte Mary, „wenn sie das gewollt hätte, hätte sie sicher ein bißchen aufgeräumt."

Als Daniela aus der Schule kam, sah sie, daß in ihrem Zimmer diesmal überhaupt nichts geschehen war.

„Haben Sie die Kunkel jetzt dazu angestiftet, bei mir gar nicht mehr sauberzumachen?"

Mary schüttelte den Kopf. „Nicht angestiftet, Daniela. Dein Zimmer läßt sich nicht saubermachen, bevor es aufgeräumt ist. Und du weißt, das Aufräumen ist deine Sache."

„Und wie soll das nun weitergehen?" fragte Daniela leise.

„Ich weiß es nicht. Das ist dein Problem. Wir werden in Zukunft auch nur noch solche Wäsche waschen und bügeln, die im Wäschekorb liegt. Denk bitte daran. Und wenn du möchtest, daß Frau Kunkel dein Zimmer jetzt gleich noch saubermacht, dann helfe ich dir gerne beim Aufräumen. Wenn erst mal Grund drin ist, ist es nachher sowieso ein Kinderspiel, Ordnung zu halten."

„Und — wenn ich das aber nicht will?"

„Das mußt du selbst entscheiden, Daniela. Und — was auch immer du tust, du wirst deine Gründe dafür haben."

Daniela sah schweigend an Mary vorbei. Dann erhob sie sich und ging hinaus — ohne die Tür zuzuschmeißen.

Alles reißt sich um Mary

Eben war der Briefträger dagewesen. Für Mary war ein Brief von ihren Eltern aus Amerika dabei.

Die Eltern fragten, wie es ihr in Hamburg gefalle und ob sie Land und Leute nicht bald genug kennengelernt hätte. Es stand zwar nirgendwo in diesem Brief, aber Mary spürte, die Eltern hatten Sehnsucht nach ihr.

Als sie den Brief in ihre Schreibmappe legte, klingelte das Telefon.

Mary lief in die Diele. „Hier bei Plieschke."

„Lotterbeck, Stellenvermittlung. Ich hätte gern Fräulein Mary Panthen gesprochen."

„Am Apparat, Herr Lotterbeck." Vergnügt dachte Mary an jenen ersten Tag in Hamburg, als sie die Stellenvermittlung aufgesucht hatte, und daran, wie meisterhaft Herr Lotterbeck es verstanden hatte, Frau Plieschke einzuwickeln.

„Ich muß mich doch endlich mal erkundigen, wie es Ihnen in der Stellung geht, die ich Ihnen verschafft habe."

„Danke, ausgezeichnet."

„Und Sie haben sich dort gut eingelebt?"

„Habe ich, Herr Lotterbeck. Es ist alles in bester Ordnung."

„Und die Kinder? Immer noch so ungezogen?"

Mary überlegte. Dieser gerissene Stellenvermittler wollte doch sicher etwas ganz anderes! Aber was bloß?

„Hören Sie mich noch? Ich meine, wie es mit den Kindern steht?"

„O danke, die sind alle sehr nett. Schön, daß Sie mal anrufen und sich nach meinem Wohlergehen erkundigen", sagte Mary und tat, als wolle sie das Gespräch abschließen.

„Augenblick noch", sagte Herr Lotterbeck hastig, „da fällt mir gerade eine Frage ein."

Aha, dachte Mary, jetzt kommt er zur Sache. Vielleicht will er mich doch noch als zersägte Jungfrau vermitteln.

Aber es kam anders. Herr Lotterbeck kehrte elegant zum Thema Erziehung zurück. Zunächst lobte er überschwenglich Marys Fähigkeiten als Erzieherin so lange, bis Mary ihn unterbrach.

„Aber ich bitte Sie, Herr Lotterbeck, Sie haben doch für Ihr Lob gar keine Beweise."

„O doch, aber gewiß!" wehrte der ab. „Sie sind ja so wendig, Fräulein Panthen. Das habe ich auf den ersten Blick gesehen. Außerdem hat Frau Plieschke bei mir angerufen. Sie ist mir am Telefon fast um den Hals gefallen vor Dankbarkeit."

„Wann war denn das?"

„Vor ein paar Wochen; aber lassen Sie mich doch schnell mal weitererzählen. Ich kenne da ein Ehepaar, das hat Schwierigkeiten mit seinen Kindern. Ist ja heute so üblich. Einen Sohn und eine Tochter haben die beiden."

„Wie alt sind denn die Kinder?"

„Sechs der Knabe und sieben das Mädchen." Die Antwort kam wie aus der Pistole geschossen. „Mein

Freund ist Geschäftsmann, müssen Sie wissen. Hoch-
anständiger Kerl. Die Mutter ist Hausfrau."

Langsam wurde Mary ungeduldig. „Und weswegen
erzählen Sie mir das?"

„Um Ihre Meinung zu hören. Ich möchte meinen
Bekannten nämlich ein paar gute Ratschläge geben.
Und die wollte ich vorher mit Ihnen ein bißchen ab-
stimmen, verstehen Sie?"

Mary überlegte. Sollten das am Ende seine eigenen
Kinder sein?

„Also, passen Sie auf", fuhr Herr Lotterbeck fort,
„immer, wenn der Bengel sich über irgend etwas
ärgert oder ein bißchen Kummer hat — schließlich, wer

94

hat heute keinen Kummer! —, dann lutscht er am Daumen. Egal, ob er zu Hause ist oder bei Bekannten — also bei Bekannten von meinem Bekannten, meine ich. — Und das geht schon seit Jahren so, sage ich Ihnen — sagt mein Bekannter. Jetzt stehen die Vorderzähne schon ganz schief. Die Frau behauptet ja, der Junge sei irgendwie unglücklich; aber deswegen braucht er doch nicht fünf Jahre lang am Daumen zu lutschen."

„Und was wollen Sie Ihrem Bekannten empfehlen?"

„Sehr einfach! Entweder soll er was Bitteres auf die Daumen schmieren — da gibt's ein ganz teuflisches Zeug zu kaufen, soll aber wirksam sein —, oder die Mutter soll die Daumen fest verbinden. Und wenn das auch nichts hilft, dann muß er eben Wollhandschuhe kriegen. Fäustlinge. Und die werden festgebunden, dann kann er nicht ran. Wetten, daß die Lutscherei dann aufhört?"

Mary brauchte ein paar Sekunden, ehe sie wieder sprechen konnte. „Ich nehme an, Sie wollen diese Ratschläge nicht erst geben, sondern Sie haben sie bereits gegeben."

Herr Lotterbeck zierte sich ein wenig, bevor er zugab, daß Mary richtig vermutet habe. „Wissen Sie", sagte er, „ich wollte mir eigentlich nur nachträglich Ihren Segen holen."

„Den kriegen Sie gleich", sagte Mary. „Zunächst möchte ich wissen, ob Ihre Ratschläge schon Erfolg gehabt haben."

Herr Lotterbeck verneinte. „Die Mutter muß irgendwas falsch gemacht haben. Wahrscheinlich ist sie nicht konsequent genug vorgegangen."

„Und was fehlt nun dem Mädchen?"

„Entsetzlich!" entgegnete Herr Lotterbeck. „Überall will sie helfen. Mit sieben Jahren! Alles fängt sie an, und am Ende räumt meine Frau — äh — meine Frau sagt auch, am Ende wird wohl die Mutter dann alles wegräumen müssen."

Herr Lotterbeck ließ sich durch seinen Versprecher nicht irritieren.

Den laß ich mit Vergnügen zappeln, dachte Mary und sagte, so freundlich sie konnte: „Ja — und weiter?"

„Gestern erst ist folgendes vorgekommen: Die Frau hatte Einmachgläser gekauft. Wir machen immer ein, wissen Sie? Wegen des großen Gartens. Und — äh" — Herr Lotterbeck hustete ein wenig krampfhaft —, „und da geben wir auch meinen Bekannten allerlei zum Einmachen ab. Wo — äh — wo war ich eigentlich stehengeblieben?"

„Sie erzählten gerade, daß die Gattin Ihres Freundes Einmachgläser gekauft hatte."

„Richtig, ja. Und ständig hat das Mädchen gebettelt, es wolle tragen helfen. Natürlich ist die Frau wieder weich geworden und hat das Kind eines der Pakete mit den Gläsern tragen lassen."

„Und?"

„Ganz klar! Das Mädchen hat das Paket auf der Treppe fallen lassen. Alles hin, kaputt. Ich habe gesagt: ‚Jetzt ist Schluß, jetzt muß durchgegriffen werden! Die Kleine soll die Gläser von ihrem Taschengeld abstottern. Strafe muß sein!'"

Wenn Mary nicht den Telefonhörer in der Hand gehabt hätte, hätte sie die Hände über dem Kopf zusammengeschlagen.

„Ja", sagte Herr Lotterbeck aufatmend, „das war's. Ich wollte nur hören, was Sie dazu sagen."

Mary zögerte nicht lange mit der Antwort. „Was soll ich Ihnen da sagen? Erziehen kann man auf sehr verschiedene Weise."

„Sie meinen also, Fräulein Panthen, daß man durchaus so verfahren könnte, wie ich empfohlen habe?"

„Aber gewiß", sagte Mary. „Wenn Sie Ihrem Bekannten und vor allem seinen Kindern schaden wollen, dann sind das sogar recht gute Ratschläge. Falls es sich allerdings um Ihre eigenen Kinder handeln sollte, Herr Lotterbeck, dann würden Sie doch hoffentlich genau das Gegenteil empfehlen, oder?"

„Das Gegenteil? Meine eigenen...? Sie — ich meine, das sollte doch nur eine Art — äh — Vorschlag sein."

„Ja, ja, ich verstehe schon. Das sind genau die Vorschläge, die ein Familientyrann machen würde."

„Ein — äh — ein Tyrann? Ist das Ihr Ernst?"

„Ja."

„Also gut, ich gebe zu, es handelt sich um meine eigenen Kinder. Ich schwöre Ihnen, ich habe nur das Beste gewollt. Was, zum Teufel, sollen wir denn machen? Einfach zusehen, wie Frank lebenslänglich am Daumen lutscht? Meine Frau ist todunglücklich darüber. Und der Bengel weiß das. Aber er nuckelt munter weiter."

Dann bat Herr Lotterbeck um Ratschläge, um irgendein Rezept, wie man wenigstens dem Daumenlutschen beikommen könne.

Mary sagte ihm, daß so etwas durchs Telefon schlecht zu erledigen sei, ohne Kinder und Eltern näher zu kennen.

„Aber Sie kennen doch mich", sagte Herr Lotterbeck unsicher.

Mary verbiß sich eine spitze Bemerkung. „Also gut", sagte sie, „ich will Ihnen etwas dazu sagen. Sicher hat Ihr Junge irgendwelche Sorgen. Die Folge davon ist häufig, daß Kinder versuchen, auf leichte Art zu einem Vergnügen zu kommen. Daumenlutschen ist in diesem Fall ein Vergnügen. Ihre Frau ist darüber unglücklich. Das weiß der Junge. Er erreicht also mit dem Lutschen noch etwas anderes: Einmal wird er sofort Mittelpunkt, wenn er den Daumen in den Mund steckt, zum anderen bestraft er seine Mutter. Denn er hat es in der Hand, sie traurig zu machen. Durch das Daumenlutschen hat er gewissermaßen Macht über sie."

„Aha", sagte Herr Lotterbeck, „man müßte dem Bengel also erst mal sagen: Raus mit der Sprache, wo drückt der Schuh?"

Mary lachte. „Im Grunde genommen haben Sie recht; aber nicht so hopplahopp! Ich meine, Ihre Frau sollte zunächst mal das Daumenlutschen völlig übersehen. Sie darf sich auch nicht davon beeindrucken lassen, daß Frank vielleicht zu schmollen anfängt. Und irgendwann, wenn der Junge mal in guter Laune ist, sollten Sie mit ihm sprechen und herauszufinden versuchen, was ihn bedrückt. Vielleicht fühlt er sich aus irgendeinem Grund zurückgesetzt? Geben Sie ihm vor allem viele Chancen, aktiv und nützlich zu sein. Jede Ermutigung ist Gold wert."

„Das hört sich alles ganz unkompliziert an", sagte Herr Lotterbeck nachdenklich. „Die Frage ist nur, warum man dann nicht selbst darauf kommt. Wahrscheinlich ist es mit Bettina ganz ähnlich. Statt dauernd zu sagen: Das kannst du nicht, das darfst du nicht, dazu bist du noch zu klein!, müßten wir ihr wohl auch mehr Mut machen, was?"

Mary fand Herrn Lotterbeck plötzlich wieder viel netter. Uneinsichtig war er nicht. „Anfangs ist das nur Pech, wenn ein Kind etwas fallen läßt oder zerbricht. Wenn es dann aber immer wieder hört, was es alles nicht kann — wenn es erst weiß, daß man von ihm gar nichts anderes erwartet als Unfähigkeit —, dann fängt es an zu resignieren. — Ihre Frau muß die

Kleine immer wieder ermutigen und ihr Gelegenheit geben, Geschicklichkeit zu beweisen. Auch Sie müssen in solchen Fällen jede Kritik unterlassen, Herr Lotterbeck. Nehmen Sie die Fehler gelassen hin. Nicht die Einmachgläser sind wichtig, sondern Ihre Tochter!"

Herr Lotterbeck druckste noch ein Weilchen herum, bevor er sich umständlich bedankte. „Wenn wir ein paar Wochen lang unser Glück versucht haben, werden Sie dann an einem Ihrer freien Nachmittage mal zu uns zum Kaffee kommen, Fräulein Panthen?"

Mary sagte zu.

Es knistert vor Spannung

Diesen 13. August würde Mary nie vergessen, obwohl sie nicht abergläubisch war.

Am Sonntag, dem 19. August, sollte die große Wanderung nun endgültig steigen, nachdem sie bereits dreimal verschoben worden war. Alles war bis ins kleinste vorbereitet; an diesem Abend wollte sie mit der Familie die Einzelheiten besprechen.

Da kam gegen Mittag der Anruf von Herrn Plieschke. „Sind Sie's, Mary? Ist meine Frau schon da?"

„Ihre Frau ist noch in der Stadt. Sie ist bei der Schneiderin aufgehalten worden."

„Soso. Dann müssen Sie heute mal alleine mit den Kindern essen, Mary."

„Die Kinder sind zum Baden. Die kommen erst abends wieder."

„Und warum sind Sie nicht mitgefahren?" wollte Herr Plieschke wissen.

„Michael ist hiergeblieben. Er fühlt sich nicht ganz wohl."

Herr Plieschke hüstelte. „Soso. Nun, ich habe jedenfalls auch keine Zeit. Ich bekomme gleich Geschäftsbesuch, und danach fliege ich schnell nach Berlin. Am Abend bin ich zurück."

„Sicher erst dann, wenn die Kinder schlafen", sagte Mary aufgebracht. „Dann haben Sie wenigstens Ihre Ruhe."

„Ganz recht", sagte Herr Plieschke und stockte plötzlich. „War das eigentlich eben Ihr Ernst, oder war das ironisch gemeint?"

„Es war mein Ernst, und es war gleichzeitig ironisch gemeint", antwortete Mary, ohne auf den heiteren Ton einzugehen.

Das verstimmte nun wieder Herrn Plieschke. „Tut mir leid, Mary, vom Erziehen verstehen Sie zweifellos mehr als ich; aber mein Geschäft muß ich schon selbst führen. Es ist also klar. Ich komme heute erst spät zurück. Ach ja, noch was: Am nächsten Sonntag muß ich nach Paris. Sagen Sie bitte Edwin Bescheid. Ich glaube, er wollte vorher noch den Wagen zur Inspektion bringen."

„Ich werde Edwin Bescheid sagen, aber Sie wissen doch, daß am nächsten Sonntag der neunzehnte August ist?" setzte Mary hinzu.

Herr Plieschke verstand diesen Hinweis nicht. Sicher hatte er den Kindern irgend etwas versprochen: gemeinsames Kaffeetrinken oder sonst etwas; aber die Geschäfte gingen vor.

Um Mary nicht unnötig zu verärgern, sagte er: „Wie wär's denn, Mary, hätten Sie nicht Lust, mit nach Paris zu fahren? Montag mittag sind wir wieder zurück."

Mary schüttelte den Kopf, obwohl Herr Plieschke das am anderen Ende der Leiturng nicht sehen konnte. Auch nicht, daß Mary Tränen in den Augen hatte. Sie schluckte ein paarmal, ehe sie antwortete: „Danke, Herr Plieschke, ich möchte nicht mit. Soll unsere Wanderung demnach zum viertenmal verschoben werden?"

„Ach richtig, die Wanderung! Da ist natürlich kein Gedanke dran."

Als Frau Plieschke nach Hause kam, berichtete Mary zunächst, daß die Wanderung auf einen unbekannten Termin verschoben werden solle. Frau Plieschke nahm das ohne sonderliche Erregung hin. „Ein Geschäftsmann kann eben nie über seine Zeit verfügen", sagte sie tiefsinnig.

„Dann sollte sich ein Geschäftsmann auch keine Kinder anschaffen", erwiderte Mary. „Wenn man weiß, daß man nie Zeit hat, weiß man ja wohl auch, daß man sich seinen Kindern nie so wird widmen können, wie es nötig wäre. Geld allein ist kein Ausgleich, ich muß Ihnen das endlich mal sagen. Auch ich bin kein Ausgleich!"

Frau Plieschke war entsetzt. „Aber Mary, so kenne ich Sie ja gar nicht! Wir geben uns doch wirklich alle Mühe, uns so zu verhalten, wie Sie es empfehlen. Wir halten wirklich sehr viel von Ihnen. Wenn die Kinder das auch noch nicht aussprechen — fest steht doch, daß alle drei von Ihnen begeistert sind!"

Mary schüttelte den Kopf. „Daß die Kinder langsam Vertrauen zu mir bekommen, mag stimmen. Das ist aber kein Ersatz für das, was ihnen verlorengeht, wenn Sie und Ihr Mann nicht lernen, sich intensiver um die Kinder zu kümmern."

„Aber ich bitte Sie, Mary, was sollen wir denn noch tun? Ich gehe ja schon täglich zu den Kindern aufs Zimmer und rede mit ihnen über die Schule und über all die anderen Sachen . . ."

„Das sind alles Aufmerksamkeiten, die allein nicht ausreichen. Besser wäre es, Sie teilten irgendwann im Jahr wirklich mal das Leben mit den Kindern, statt in den Ferien hierzubleiben. Gemeinsam zelten irgendwo in Norwegen — eine Bergtour in den Alpen —

Schi laufen von Hütte zu Hütte — einen Fluß hinunterpaddeln: das sind Abenteuer, die Sie sich erfüllen könnten! Aber davon wagen Ihre Kinder ja nicht mal zu träumen!"

„Aber Mary, Sie werden doch nicht im Ernst verlangen, daß mein Mann sein Geschäft aufgibt, nur damit wir einen Fluß hinunterpaddeln oder in Norwegen zelten können? Zelten! Wenn ich das schon höre!"

„Es waren nur ein paar ausgefallene Beispiele", sagte Mary. „Aber Sie und Ihr Mann schaffen es ja nicht einmal, mit den Kindern wenigstens ein paar Stunden spazierenzugehen."

„Ich nehme Ihnen Ihre Erregung nicht übel, Mary. Sie bezwecken ja etwas Gutes. Nur Ihr Ton ist doch wohl nicht ganz passend", sagte Frau Plieschke und trat ans Fenster.

Mary nickte. „Sie haben recht. Es tut mir leid."

Frau Plieschke winkte ab, ohne sich umzudrehen. „Aber bitte, Mary, warum sollen Sie nicht auch mal frei heraus sagen, was Sie auf dem Herzen haben."

„Eben", erwiderte Mary. „Und ich bin noch nicht fertig. Sie wissen, wir haben vierzehntägige Kündigung ausgemacht. Heute ist der dreizehnte August. Am Monatsende werde ich gehen."

Als Mary das Wohnzimmer verlassen hatte, legte Frau Plieschke sich zunächst auf ein kostbares antikes Sofa und weinte. Dann rief sie ihren Mann an. Aber der war schon in Berlin.

Als Frau Plieschke noch immer weinte, kam Michael ins Zimmer und weinte auch. „Mir tut mein Hals weh, Mutti."

„Du hast vielleicht zu heiß gegessen oder getrunken, Süßer."

Michael schüttelte unwillig den Kopf. „Ich habe Eis gegessen."

„Dann ist es davon", entschied Frau Plieschke. „Du hast zu kalt gegessen."

Michael schrie fast, aber mehr vor Wut als vor Schmerzen. „Ich hatte die Schmerzen ja schon vorher!"

„Ist denn Mary nicht da?"

Der Junge schüttelte den Kopf.

Frau Plieschke lief aus dem Zimmer, um Mary zu suchen. Von Edwin erfuhr sie, daß das Mädchen in die Stadt gegangen sei.

Hut ab vor Mary

Als Mary zurückkam, ging sie zuerst in Michaels Zimmer. Frau Plieschke saß am Bett ihres Sohnes. „Haben Sie den Arzt angerufen?" fragte Mary.

„Wozu denn gleich den Arzt! Michael hat doch nur zuviel Eis gegessen."

„Aber ihm war gestern schon nicht ganz gut", sagte Mary. „Wo tut's denn weh, Michael?"

Michael zeigte auf eine Seite seines Halses.

Das sieht mir ganz nach Ziegenpeter aus, dachte Mary und befühlte die Stelle. Zwischen Hals und Kieferknochen war eine leichte Schwellung. „Tut's dir auch hinter dem Ohr ein bißchen weh?" fragte sie.

Der Junge nickte und hörte auf zu weinen.

„Ich glaube, ich kenne die Schmerzen, so etwas hatte ich auch mal. Ich bin ziemlich sicher, daß du das aushalten kannst, Michael. Aber der Doktor weiß bestimmt ein Mittel, das die Schmerzen lindert."

Dann ging Mary hinaus und rief den Arzt an.

Der Hausarzt war im Urlaub. Aber die Sprechstundenhilfe versprach, den Vertreter vorbeizuschicken, sobald er von den Krankenbesuchen zurück sei.

Als Herr Plieschke kurz nach 22 Uhr nach Hause kam, war der Arzt immer noch nicht dagewesen.

Inzwischen hatte Michael außer der geschwollenen Halsseite auch eine dicke Gesichtshälfte.

Frau Plieschke empfing ihren Mann tränenüberströmt.

„Aber ich bitte dich, Magda, wegen ein bißchen Halsschmerzen brauchst du dich doch nicht so aufzuregen", versuchte Herr Plieschke sie zu beruhigen.

Frau Plieschke winkte ab. „Es ist ja nicht bloß deswegen, Peer. Es ist, weil — Mary will uns verlassen. Am nächsten Ersten."

Herr Plieschke setzte sich. „Hat sie gesagt, weshalb?"

Frau Plieschke nickte. „Daß du den Ausflug wieder aufschieben willst, spielt dabei auch mit. Aber es ist mehr als das." Dann erzählte sie ausführlich, was Mary gesagt hatte.

Es klingelte. Der Vertreter des Hausarztes kam. „Entschuldigen Sie, daß es so spät geworden ist, aber heute war ein bißchen viel los. Mein Name ist Doktor Berg."

Mißtrauisch betrachtete Herr Plieschke den jungen Mann. Der sieht ja aus, als hätte er gerade erst das Abitur gemacht, dachte er.

Der junge Mann stellte sich auch Mary vor, dann trat er ans Bett. Er befühlte den Hals des schlafenden Kindes, zählte die Pulsschläge, tastete noch einmal die Gegend unter dem Ohrläppchen ab und fragte dann leise: „Hat der Kleine seine Schmerzen genauer beschrieben?"

Mary nickte. „Sie ziehen sich bis unter das Ohrläppchen hinauf, wenn Sie das meinen."

Der Doktor lächelte kaum merklich, als er sagte: „Wir scheinen den gleichen Verdacht zu haben: Ziegenpeter. Hat er sich denn schon länger schlecht gefühlt?"

„Schon ein paar Tage", bestätigte Mary. „Leider habe ich nicht genug darauf geachtet."

„Sind Sie nicht eigentlich noch ziemlich jung?" fragte Herr Plieschke ein wenig geringschätzig dazwischen.

Der Doktor nickte. „Ich muß versuchen, damit fertig zu werden, Herr Plieschke. Wir tragen eben alle unsere Last. Für diesen Fall hier — ich meine für Ihren Sohn — werden meine ärztlichen Fähigkeiten gerade noch reichen, hoffe ich."

Herr Plieschke schluckte auch diese Pille. Er war heute allerlei gewöhnt.

Der Doktor sah auf die Uhr. „Ich komme morgen vormittag wieder. Der Kleine schläft jetzt so schön, wir wollen ihn nicht stören. Ich schreibe etwas auf; es genügt, wenn Sie das morgen früh besorgen."

„Und wie verläuft die Geschichte?" fragte Frau Plieschke besorgt. „Ist es ein schlimmer Ziegenpeter?"

„Es wird sicher kein schwerer, wohl aber ein etwas längerer Ziegenpeter werden", sagte Doktor Berg und warf dabei einen flüchtigen Blick auf Mary. „Sind Sie die älteste Tochter im Hause?"

„Nein, ich bin die jüngste Angestellte hier", entgegnete Mary.

Als der Arzt sich zögernd zum Gehen wandte, begleitete Frau Plieschke ihn hinaus, nicht ohne ihrem Mann vorher einen bedeutungsvollen Blick zuzuwerfen. Wehe, sagte dieser Blick, wenn du nicht versuchst, Mary umzustimmen!

Herr Plieschke versuchte es.

„Es ist zwecklos", sagte das Mädchen. „Ihre grundsätzliche Einstellung entmutigt mich. Außerdem habe ich bis jetzt noch nichts von Deutschland kennengelernt, sondern nur Ihre Sorgen um die Käsetemperatur und außerdem — das muß ich zugeben — Ihre zweifellos liebenswerten Kinder."

Herr Plieschke nickte und ging hinaus. Nicht, weil er bereit war, sich mit dieser Abfuhr zufriedenzugeben, sondern weil er eine letzte Hoffnung hatte. Wenn ich doch bloß den Arzt noch erwische! dachte er. Und als er ihn am Gartentor erwischt hatte, wurde plötzlich aus dem rauhbeinigen Herrn Plieschke ein ganz liebenswürdiger Hausherr.

„Ich bringe Sie zum Auto, lieber Doktor. Haben Sie noch mehr Patienten heute, oder waren wir eben die letzten?" erkundigte er sich.

„Ihr Sohn war der letzte."

„Ich fand, Sie haben unserer Mary auch einige Aufmerksamkeit erwiesen."

Als Doktor Berg merkte, daß Herr Plieschke es ehrlich meinte, lächelte er. „Sie haben richtig beobachtet. Einen so schönen Ziegenpeter, wie ihn Ihr Sohn hat, habe ich schon öfter gesehen; aber eine so reizende Erzieherin noch nie."

„Sehen Sie", sagte Herr Plieschke schweren Herzens, „und da sind wir beim springenden Punkt. Mary will zurück nach Amerika. Ganz überraschend."

„Das darf doch nicht wahr sein!" rief Doktor Berg. „Wo der Ziegenpeter gerade erst anfängt. Welcher Idiot hat sie denn dazu veranlaßt?"

„Ich", entgegnete der Millionär bescheiden.

„Für diese Sünde werde ich Ihnen das doppelte Honorar berechnen", sagte Doktor Berg.

„Sie dürfen das Zehnfache berechnen, wenn Sie die Kleine veranlassen, hierzubleiben!"

Dann erzählte er seine ganze Geschichte: von der ersten Käsevertretung bis zum Millionär und von allen Sorgen mit den Kindern bis zu Marys Auftauchen. „Natürlich weiß ich, daß wir die Kleine nicht ewig hierbehalten können. Sie hat's auch gar nicht nötig. Eigentlich arbeitet sie nur aus Dickköpfigkeit; aber einige Zeit müßte sie doch noch bleiben. Wissen Sie nicht einen Weg?"

Doktor Berg sah in das kalte Licht der Straßenlaterne. „Dickköpfig ist sie also auch", sagte er fast schwärmerisch. „Und Sie meinen, wenn man sie über den Monat August hierbehalten könnte, wäre Ihnen schon geholfen?"

„Bestimmt", sagte Herr Plieschke und umklammerte Doktor Bergs Arm. „Wenn Michael wieder auf dem Posten ist, werden wir ja alle sofort tagelang durch die Wälder laufen. Und dann wäre alles gut."

Der junge Mann sah den Millionär ein wenig unsicher an. „Halten Sie das für wichtig?"

„In den Wald laufen? Aber ich bitte Sie! Das ist von entscheidender Bedeutung! Wenn wir jetzt nicht alle wie wild laufen, dann geht Mary weg."

„Demnach ist sie doch aber eine recht anstrengende Angestellte, Herr Plieschke. Sollten Sie sich nicht jemand leisten können, bei dem Sie nicht so laufen müssen?"

„Reden Sie keinen Unsinn, Doktor. Überlassen Sie das mir. Ich habe die nötige Erfahrung. Können Sie übrigens paddeln?"

„Wieso, müssen Sie das auch?"

„Ich glaube, bis nach Norwegen", sagte Herr Plieschke unsicher, „aber da habe ich mich hoffentlich verhört."

Doktor Berg fand den reichen Mann auf einmal richtig sympathisch, und er beschloß, ihm das zu sagen. „Vorhin konnte ich Sie übrigens nicht ausstehen, Herr Plieschke."

„Ich Sie auch nicht, mein lieber Doktor. Und wenn Ihnen nichts einfällt, dann wird das sehr schnell wieder genauso sein."

Da hatte Doktor Berg eine Idee. „Beruhigen Sie sich", sagte er, „ich möchte Ihre Freundschaft nicht verlieren. Morgen früh um neun bin ich wieder da."

„Und was dann?"

„Dann werde ich alles Nötige veranlassen, damit Mary hierbleibt."

„Donnerwetter!" sagte Herr Plieschke begeistert. „Und wie machen Sie das?"

„Das erfahren Sie morgen früh. Jetzt ist meine Sprechstunde beendet", sagte Doktor Berg ernst, stieg in sein Auto und fuhr davon.

Ja, und Ihr, liebe Leser, erfahrt im zweiten Band

Auf Wiedersehen, Mary!

was sich Dr. Berg ausgedacht hat, damit Mary bleibt.

Nur soviel sei verraten: Noch jemand wird Ziegenpeter kriegen. Und Mary wird natürlich bleiben. Und die viermal aufgeschobene Wanderung wird endlich stattfinden, und Dr. Berg wird auch dabeisein, wenn auch unfreiwillig. Überhaupt wird Dr. Berg bald wie zur Familie gehören. Und das hat seinen Grund...

Eva Korhammer: Zwilling gesucht!

112 Seiten, mit Zeichnungen von Erica Hempel
Tina und Katja sind sprachlos, als sie sich zum
erstenmal gegenüberstehen, denn ihre Ähnlichkeit
ist verblüffend! Eines Tages kommen sie auf die
Idee, ihre Ähnlichkeit zu nutzen und ihre Rollen
nach Bedarf zu tauschen. So kann Katja einen ge-
fürchteten Zahnarztbesuch schmerzlos überstehen
und bei der Schutzimpfung unbemerkt fehlen. Und
Katja und Tina hätten alle noch oft an der Nase
herumführen können, wäre nicht eine Panne passiert . . .

Christian Carsten:
Laßt das mal uns Mädchen machen!

144 Seiten, mit Zeichnungen von Trude Richter
Anja und Claudia staunen nicht schlecht, als sie in
den Ferien Onkel und Tante in Obernau besuchen:
Noch im letzten Jahr haben sie sich prima mit ihren
Nachbarn verstanden, doch das hat sich gründlich
geändert! Onkel Alois und Herr Kramhuber haben
sich böse gezankt und gehen sich strikt aus dem
Weg. Die Frauen, die gar nichts von dem unnützen
Männerzwist halten, wollen den bevorstehenden
Jakobus-Markt auf ihre Weise nutzen, um der
Feindschaft ein Ende zu machen. Zu fünft schmie-
den sie ein Komplott, gegen das die Männer macht-
los sind — auf dem Jakobus-Markt müssen sie
sich wieder vertragen!

W. FISCHER-VERLAG · GÖTTINGEN